LA FRAGILIDAD DE LOS CUERPOS

LA FRAGILIDAD
DE LOS CUERPOS

Anita Botwin

Papel certificado por el Forest Stewardship Council®

Penguin
Random House
Grupo Editorial

Primera edición: abril de 2024

© 2024, Anita Botwin
© 2024, Penguin Random House Grupo Editorial, S.A.U.,
Travessera de Gràcia, 47-49. 08021 Barcelona

Printed in Spain — Impreso en España

ISBN: 978-84-666-7590-1
Depósito legal: B-1.857-2024

Compuesto en Comptex&Ass., S. L.
Impreso en Rodesa
Villatuerta (Navarra)

BS 7590 A

A Carmen,
que mientras yo escribía este libro
desplegó sus alas de mariposa

1

La sala de espera

No era la primera vez que pisaba aquel hospital, pero ese día sería distinto porque iba a cambiarme la vida para siempre. La sala de espera estaba llena a rebosar y era un remolino de toses, jadeos, conversaciones ininteligibles y suspiros. Unas ojeras de mapache me ensombrecían los párpados y visibilizaban mi cansancio y mi insomnio de la noche anterior. Estaba agotada. Llevaba horas esperando, pero siempre llamaban a otros pacientes antes que a mí. Quería pensar que eso no era del todo negativo ya que solían atender primero a los que estaban peor... aunque no las tenía todas conmigo. Después de pruebas y más pruebas venía el diagnóstico y si había suerte te mandaban para casa, o bien te acompañaban a una de las habitaciones con alguien en la cama de al lado, el tratamiento de turno y la televisión de pago. Esa segunda opción era la que quería descartar en mi mente porque un ingreso me paralizaría la vida y no me lo podía permitir, tenía que volver al taller a impartir mis clases de cerámica. Tenía que retomar mi vida.

Debería haber previsto que nadie iba a urgencias para un

rato, pero después de otra mala noche y de sentir ese continuo cosquilleo, como si unas hormigas caminaran por mi mano derecha, había decidido acudir al hospital. En un principio no avisé a nadie por no alarmar, pero tras tantas horas en aquella sala, le envié un wasap a mi madre. Bueno, vale, en realidad lo hice para pedirle que, por favor, sacara a mi perro, Coco. El pobre llevaba mucho tiempo solo en casa y estaría subiéndose por las paredes, o, peor aún, haciendo destrozos y dejándolo todo perdido. Seguro que se había puesto a morder mis zapatos rojos de tacón, sus favoritos.

Cuando le dices a alguien que no se preocupe, consigues justo el efecto contrario. Entre emoticonos de bostezos y tras muchos malabares dialécticos, le conté a mi madre escuetamente y sin dar demasiados detalles dónde estaba. En el fondo deseaba que se presentara allí y me diera un abrazo, pero me empeñé en quitarle importancia. Y ella me contestó:

«Vale hija un beso te quiero que no sea nada».

Los wasaps de mi madre carecían de comas o puntos o signos de exclamación. Total, para qué ponerlos si se entendía igual, decía ella, y no le faltaba razón. Mensajes carentes de signos de puntuación pero repletos de significado. En cada palabra oía su voz, una voz que me transmitía calma.

En esas horas me habían realizado una resonancia en la que los médicos vieron algo extraño y me habían hecho más pruebas para ver qué demonios me pasaba. Ahora solo me faltaba el diagnóstico y estaba cagada de miedo. Tanto tiempo para unos resultados… Era muy probable que fuesen malas noticias y, como no quería pensarlo demasiado, en esa larga y aburrida espera, pues… me instalé una de esas aplicaciones de ligue. Sí, de ligue. Hasta ese momento había sido muy reacia a esa forma de buscar pareja, pero a esas alturas de la película, mientras aguardaba a que el médico apareciera con mi sentencia de muerte, ¿qué tenía que perder? Total, mejor sacarle provecho a la vida y ligarme a todos los guaperas que pudiera antes de palmarla. El caso es que no tenía ni idea de cómo iba ese mercado, el de los ciberligues quiero decir, no el de los muertos. Elia, mi amiga de toda la vida, me había hablado hacía unos días de aquella app y, de hecho, su último follamigo lo sacó de ahí. Así que en aquella sala donde las horas transcurrían a cámara lenta se me ocurrió que podía conocer al amor de mi vida o, al menos, echarme unas risas en un flirteo rápido con un desconocido hasta que la enfermera me llamara.

Al abrir la aplicación, lo primero que me apareció fue un tío llamado Marcos, con el torso desnudo y pinta de no tener demasiadas luces. Intereses: gimnasio y salir de fiesta. «Chico, cúrratelo un poco más». Deslicé a la izquierda por primera vez, aunque mi mano derecha no funcionaba como debía, pero sí lo suficiente como para «cargarme» al musculitos de Marcos. Así mataba el tiempo. Izquierda, izquierda, derecha, derecha, *match*, *unmatch*, «ola guapa que tal» (las faltas de ortografía eran una mala carta de presentación). De vez en cuando, alguna enfermera con un carrito o una llamada a algún paciente me sacaba de mi juego erótico-festivo.

—Bendito sea Dios, otra vez aquí —suspiró una señora

de setenta y tantos años mientras se sentaba a mi lado con todos sus bártulos, su bastón y su verborrea a cuestas.

En la raíz de su pelo asomaban unas canas descuidadas bajo un tinte color lombarda y una permanente venida a menos. Miró la pantalla de mi móvil al sentarse. Carlos, cuarenta y un años, otro torso desnudo, otro con mucho tiempo libre para esculpir su cuerpo en el gimnasio. Mi vecina de asiento giró la cara disimulando que no había visto nada y yo deslicé a la izquierda con un gesto ya mecánico y desapasionado.

—A mí ese no me parece mal del todo, tiene cara de bueno —indicó de pronto.

Mi cara de sorpresa tenía que ser un poema.

—Perdón, que no es asunto mío. Hija, es que esto es un aburrimiento, no la llaman a una nunca —se disculpó la señora lombarda.

—No pasa nada —dije con una sonrisa.

Entendí sus disculpas. Y deslicé hacia la derecha, siguiendo los consejos de mi nueva amiga la Celestina.

Entre *match* y *match* se acercó una enfermera y me puso una pulsera en la muñeca con mi nombre y mis apellidos y un código de barras largo. «Para que no me escape», pensé. Me habían marcado como al ganado y ya no podía huir, estaba fichada, no había marcha atrás. Sentía que se acercaba mi sentencia. Miré las paredes y los suelos del hospital, demasiado blancos y fríos. «Deberían cambiar el diseño y pintarlos de distintos colores, para que todo no fuera tan previsible y dejara algo de margen a la imaginación. Da igual que estés en un hospital en Madrid o en Albacete, siempre son las mismas paredes, los mismos carteles, las mismas sillas y hasta las mismas papeleras. Solo cambian las personas enfermas que los habitamos y la gente que trabaja en ellos, y que poco o nada tienen que ver con *Anatomía de Grey* o cualquier telefilme de médicos, entre otras cosas porque carecen de tiempo libre para el ligue y el folleteo».

Con aquella pulsera envolviendo mi muñeca, de pronto vi lo sórdido que era estar en esa sala y entré en pánico. ¿Era posible que el mundo se estuviera acabando para mí casi antes de empezar? Sentía la injusticia palpable. En aquel lugar, yo era una especie de William Wallace en *Braveheart* gritando «Libertad», solo que nadie me oía ni me seguía en mis andanzas. En lugar de la cara pintada de azul y esa falda escocesa tan molona, yo tenía unas ojeras enormes y un pantalón de chándal viejo con pelotillas, y ni tan siquiera me secundaba la señora del pelo lombarda. Mientras imaginaba mi inexistente heroicidad, se me ocurrió que, de haber sabido lo que se avecinaba, habría disfrutado más de la vida, le habría sacado todo el jugo posible, no me habría enfadado tanto, habría gozado cada orgasmo, cada beso, cada abrazo, cada fiesta, cada puesta de sol y hasta las insufribles clases del carnet de conducir, que llegué a suspender hasta cuatro veces. Habría bailado durante días en cualquier garito de Malasaña o de Lavapiés, me habría atrevido a entrarle al chico guapo del bar La Vía Láctea o habría recorrido el mundo de mochilera. Hasta habría montado en globo aunque odie las alturas. En definitiva, eché de menos todas las cosas que no había hecho (o no lo suficiente).

Todo eso pasó por mi mente. Me preguntaba por todo, por esto, aquello y lo de más allá. Me cuestionaba el mundo, el universo, el porqué de las cosas, la insoportable levedad del ser. De pronto empezaba a ser consciente de mi vulnerabilidad, porque hasta entonces no había reparado en la fragilidad de los cuerpos. Ser vulnerable también formaba parte de la vida.

Reclinada en aquel asiento de plástico, me imaginaba un futuro sin certezas. ¿Y si mi mano no volvía a ser la misma? Esa duda se me clavó en el estómago con fuerza, impidiendo que respirara con normalidad. La incertidumbre era lo único que me quedaba, mejor aceptarla cuanto antes, abrazarse a ella como quien se abraza a una abuela sabiendo que algún día también desaparecerá. Vibró mi móvil: una notificación nueva. Un mensaje de un tal David, treinta y tres años, de Madrid, gafas de sol y gorra, indudablemente un tipo de incógnito:

«Hola, morenaza, ¿qué tal?, ¿tomamos algo?».

Deslicé a la izquierda sin pensarlo. Ni siquiera era morena, miope.

Levanté la vista del móvil y observé los tubos de oxígeno, los goteros, las máquinas de reanimación que circulaban hacia un lado y otro del pasillo, como transeúntes empujados por las enfermeras de bata blanca. En ese momento no comprendía los hospitales y me daban pánico; más tarde se convertiría en una gestión rutinaria más de mi vida, como ir a la peluquería, al dentista o al banco cuando todavía se iba al banco. Es algo que tienes que hacer sin preguntarte demasiado por qué, y es mejor hacerlo rápido, sin contemplaciones, como cuando te tiras al agua de una piscina helada. Los carteles pidiendo donaciones de sangre adornaban las paredes, roídos por alguna de sus esquinas, con trozos de celo que ya no pegaban, ignorados por la mayoría de la gente que pasaba por ahí. El olor a hospital era una mezcla entre detergente barato, lejía y gel hidroalcohólico que me mecía hasta anestesiarme de sopor.

Y ahí estaba yo, con esos pelos y esas ojeras de no haber dormido, sin saber que en unas semanas ya nada volvería a ser lo mismo, que empezaría una aventura a lo Jumanji en la que de pronto dejaría de ser la Salma de siempre debido a un envejecimiento súbito de mis células, en el que no reconocería mi propio cuerpo, ni él a mí. El cuerpo que habitaba entonces, el sano, iría desapareciendo y tendría que tomar conciencia del nuevo, aunque de nuevo parecía tener bastante poco.

Pero en ese momento, mientras me distraía tonteando con la app de citas, por muchas hipótesis que imaginara, nunca hubiera acertado en cómo estaba a punto de cambiar mi vida.

Los minutos se hacían eternos y mis nervios comenzaban a trepar por las paredes de aquella sala. Cada minuto que pasaba era un paso más hacia la incertidumbre y el miedo.

Agobiada, empecé a morderme las uñas, lo poco que quedaba ya de ellas, y recordé a mi padre regañándome por ello cuando tenía cuatro o cinco años. Me las mordí más, en señal de rebeldía y disconformidad, como si fuera yo quien ganara esa batalla. Ja, me reí para mis adentros, victoriosa. Llevaba demasiado tiempo sin hablar con él, pero en ese instante, presa del desasosiego, me sorprendió que me viniera su voz a la mente. Los nervios me volvían a estrujar el estómago y aparté los pensamientos de mi padre de golpe. Volví al Tinder a modo de meditación barata. Como si de un catálogo de Ikea se tratase, buscar pareja se asemejaba a encontrar la estantería Billy que pega más con tu mesita de noche. Nole, nole, sile, sile, seguía con el intercambio de cromos en ese deslizamiento casi automático a izquierda o a derecha. Eso parecía una pesca de arrastre, o las últimas rebajas, por muy poco que pudiera interesarme, pero era divertido pasar el rato así, o al menos me mantenía distraída mientras llegaba el mal trago. Esa aplicación parecía una discoteca a las seis de la mañana en la que lo mejor habría sido una retirada a tiempo. Frases típicas se sucedían: «qué tal», «a qué te dedicas», «dónde vives», «cuánto mides» (qué obsesión por la altura)... Un poquito de originalidad, por favor.

En el asiento de enfrente, una mujer de avanzada edad con pelo blanco algodonado y brillos violetas se santiguaba y besaba la Virgen del Rocío de oro que colgaba de su garganta.

—Dios mío, no me lleves todavía —susurraba con temor.

Quise tenderle la mano, darle el aliento que necesitaba, pero no me atreví. En lugar de eso desvié la mirada hacia el suelo, al fin y al cabo yo era demasiado terrenal y ella buscaba ayuda de alguien más celestial.

—Si supieras todo lo que he pasado en esta vida, te caes de culo —le decía a otra señora también de pelo algodonado que estaba sentada a su lado. La sombra de ojos de esta última recordaba al lomo plateado de una sardina.

Volví a mi móvil para ver cómo iba el recuento de ligues conseguidos. Veintitrés *matches* en ese rato no estaba nada mal. Quizá no me esperaban buenas noticias dentro, pero sí un buen puñado de citas fuera. La Celestina volvió a mirar de reojo para ver cómo iban mis logros y se le escapó una carcajada sonora que la hacía cómplice de mis aventuras románticas.

Me quedaba poca batería, por lo que decidí dejar el juego del amor para otro momento. Me puse los cascos y busqué en la lista de reproducción «temas de subidón para momentos de bajón» y comenzó a sonar Cyndi Lauper con su *Girls Just Want to Have Fun*, un temazo que levantaba el ánimo a cualquiera. Conseguí relajarme y dejé volar mi imaginación, hasta que empezaron a venirme flashes de las últimas semanas recordándome que algo no marchaba bien.

2

El diagnóstico

Días atrás estaba en una de las clases de cerámica que impartía en mi taller. Hacía girar un jarrón de arcilla, algo que llevaba a cabo casi todos los días de mi vida y que podía hacer con los ojos cerrados. Sin embargo, ese momento fue distinto a los demás porque algo empezó a fallar. Fue así, de repente, sin preámbulos. Estábamos con una práctica que me gusta mucho realizar con las alumnas que ya llevan un tiempo viniendo a clase, pues se trabaja la textura y el relieve. La arcilla pringaba las mesas y las manos de las asistentes como cada día. Olía a frescura y a calidez al mismo tiempo, ese olor tan intenso de la arcilla latiendo entre las manos, rozando y empapando cada uno de los poros de la piel. Habíamos pasado ya el rodillo, lo habíamos alisado con la goma de silicona y le estábamos impregnando una tela de visillo para dejar el dibujo marcado; también pusimos unas flores con moldes en los bordes para decorar. Repasábamos los bordes con las yemas de los dedos sintiendo el delicioso tacto de la arcilla, como si estuviéramos metiendo las manos en la profundidad de la tierra y sus raíces. Entonces noté que mi mano derecha no reaccionaba como debía. De pronto, las señales de mi cerebro no llegaban a la punta de mis dedos, ni a la palma de mi mano, dejándola prácticamente inservible, como la de una muñeca de trapo, lacia, blanda, yerta. Algo me decía que había interferencias, un fallo de conexión, como esos errores del sistema en los ordenadores que terminan con un pantallazo azul. La peculiaridad era que yo no sabía cómo demonios reiniciar mi cuerpo para que mi mano funcionara de nuevo.

Mi corazón comenzó a latir con más intensidad, me faltaba el aliento, mi frente se empapaba de sudor. ¿Por qué demonios no estaba sintiendo el material como siempre? La arcilla se desvanecía entre mis dedos, el jarrón se me antojaba ausente, lejano, como si no existiera un contacto real entre los elementos y mi mano estuviese acariciando la nada. Como era invierno y hacía frío, pregunté a las chicas si se encontraban a gusto o si bajaba la temperatura de la sala. Un sudor frío me subía por el espinazo, pero ellas estaban bien, ajenas a todo, seguían rodillo en mano plasmando sus decoraciones en el jarrón, ensimismadas en la paz que les regalaba la arcilla. Normalmente, me agrada ver las caras de las personas que asisten a mis clases porque están tranquilas, presentes, lejos del ajetreo del día a día, disfrutando de cada segundo, de cada movimiento, de cada forma; pero aquel día sus facciones relajadas me alarmaron. Nadie se percataba de ello, pero claramente algo me estaba ocurriendo. Me convencí durante unos segundos de que no debía darle mucha importancia, ya se me pasaría, tan solo necesitaba concentrarme en mi respiración. Como si eso fuera tan fácil. Inspirar profundamente, aguantar el aire y después soltarlo despacio. Traté de recordar lo que nos enseñaba la profesora de yoga, sin mucho éxito, porque la taquicardia me transportaba a otro lugar.

Sonaba de fondo Nina Simone con su magistral *Ain't Got No, I Got Life*, creo que era. No reconocía la letra, no podía captar los acordes; no hubo suerte, mis latidos eran rápidos, la respiración agitada, me costaba pensar con claridad. «¿Qué me pasa? ¿Por qué no siento la mano? No puede ser».

Comencé a marearme, la estancia se tambaleaba, el torno también. Miré a las demás chicas, asustada, sin saber qué hacer ni qué decir, tratando de mantener la calma, pero deseando gritar y pedir auxilio. Sin embargo, yo era la profesora, se me presuponía una calma y unas formas que debía mantener, así que me ausenté al baño para refrescarme un poco la cara y tratar de encontrar la serenidad o alguna explicación, ordenar mis ideas. Sin éxito. Una vez allí, me sentí desorientada, me seguía faltando el aliento, notaba el cuerpo sudoroso y frío al mismo tiempo, el corazón cada vez más acelerado, como queriendo escapar de mi cuerpo, y la boca pastosa.

Por primera vez en mi vida había dejado de sentir el frescor de la arcilla entre mis manos, con lo que eso suponía para mí, ya que el barro era mi herramienta de trabajo, con lo que me ganaba el pan y lo que siempre me ha hecho feliz. Cuando volví del baño, hice girar el jarrón con la mano izquierda, para que las chicas permanecieran ajenas a mi torpeza con la derecha, pero me costaba sobremanera. Como parecía que mi mano derecha se acababa de convertir en un accesorio inservible, meramente decorativo, intenté ayudarme con el brazo, cerca de la muñeca, para mantener el jarrón sobre el torno sin que se cayera. Bajé la velocidad para evitar echar a perder el trabajo, procuré sostenerlo con toda la fuerza y el tesón de los que disponía en ese instante, pero fue un esfuerzo inútil porque finalmente no pude sujetar el jarrón y acabó cayéndose al suelo.

—¡Oh, mierda! —grité sin poder contenerme—. Perdonad, no sé qué ha pasado. —Forcé una sonrisa para fingir algo de serenidad.

Las chicas se pegaron un buen susto, obviamente no se lo esperaban, y me miraron al unísono, para luego contemplarse entre ellas con cara de preocupación y desconcierto, y giraron la cabeza hacia mí de nuevo como buscando una respuesta. Después volvieron a sus trabajos, pero alguna seguía mirándome de vez en cuando, pendiente, observándome, no conforme, alerta por si fuese a ocurrir algo de manera inminente.

Ahí es cuando empecé a ser consciente de que algo grave me estaba sucediendo. Era como si yo también comenzara a deformarme por dentro, a perderme, a resquebrajarme como ese jarrón maltrecho. Corriendo, me agaché al suelo para recogerlo y encontré más bien un mazacote de barro chafado. Sentí ganas de llorar, pero me contuve, como si guardara un secreto. Ahí estaba el símbolo de lo que me golpeaba, una metáfora de mi vida hecha añicos como una de esas piñatas que acaban destruidas por una panda de chiquillos golosos, chillones y peleones.

—¿Estás bien, Salma? —me preguntó María, una de mis alumnas más brillantes y apasionadas.

—Nada, no te preocupes, creo que me ha bajado un poco la tensión —dije con voz frágil. Deprisa, cambié de tema—. ¿Qué tal vas? Te está quedando muy chulo el jarrón, me encanta, muy logrado. Enhorabuena, has hecho un gran trabajo.

Yo era de tensión baja, eso era una realidad, pero nunca me había sentido así. Algo no encajaba, algo no estaba funcionando bien. Mi mano derecha había decidido que ya no formaba parte de mí, como si me hubiera abandonado de golpe y porrazo y se hubiera ido a otro lugar. De pronto, tenía colgando del brazo algo inerte, inmóvil, torpe. Mi mano se había convertido en un barquito de corcho sin rumbo.

Contenida, hice todo lo posible para que no se me notara. Recogí los materiales mientras intentaba observar las creaciones de las chicas de la clase. Mis ojos no enfocaban bien, no podía ver con claridad lo que había a mi alrededor. María seguía mirándome por el rabillo del ojo, no parecía conforme con mi excusa, no le cuadraba mi explicación.

Los siguientes días mi mano continuó entumecida, sin visos de volver a su estado anterior, como si me hubieran colocado en el brazo la mano de otra persona. «Ahora resulta que soy el monstruo de Frankenstein», pensé, y me reí para mis adentros. Pero aunque me lo tomaba a risa, porque la risa era una de mis mejores amigas para encajar cualquier desgracia, en el fondo sabía que algo no iba nada bien.

Unos días después me llevé otro susto cuando fui a comprar al supermercado del barrio. Compresas al carro, espaguetis al carro, cebollas al carro. Uy, cómo ha subido el aceite de oliva, a ver esa oferta... Dos por uno en tomate frito, ¡me interesa!, al carro. Entonces, justo cuando cogí uno de los tarros, se resbaló de mi mano, como queriendo huir, y cayó al suelo con un ruido estruendoso para ponerlo todo perdido, incluidos mis zapatos y el pantalón beis que acababa de estrenar. Puedo recordar ese momento a cámara lenta con todo lujo de detalles y vuelvo a ver el tomate desparramado por el pasillo de conservas como si de una película de Tarantino se tratara. Las miradas de los demás compradores se dirigieron a mí como los dardos viajan a la diana. Me quedé completamente inmóvil, estupefacta, sin saber qué hacer. Miré hacia todos lados, ¿cómo se me había caído? No daba crédito, juraría que había movido la mano como siempre, pero esta no me había respondido. La última vez que me ocurrió algo así en un supermercado yo tenía cuatro años y estaba jugando con una amiga: hice rodar un potito que terminó rebotando y cayendo a los pies de un guardia de seguridad que me miró con cara de pocos amigos. De aquello habían pasado unos cuantos años, yo andaba ahora cerca de la treintena, y tenía los pies llenos de tomate triturado de oferta y muchas muchas preguntas. Era como si mi mano fuera de pronto invisible y traspasara los objetos igual que los fantasmas atraviesan las paredes en las pelis de terror. No entendía el porqué de mi torpeza. «A cualquiera le puede pasar», quise convencerme. Sin embargo, hacía muy pocos días del episodio con el jarrón, por lo que las piezas del puzle comenzaban a encajar, aunque yo no quisiera mirar de frente. Demasiadas coincidencias. «Algo no va bien», volví a decir mentalmente. ¿Qué me estaba sucediendo? Estaba claro que algo era distinto en mí, yo era una nueva yo, solo que en otra versión de mí misma. Algo estaba cambiando en mi cuerpo. Hasta entonces le había intentado quitar hierro al asunto, pero era evidente que tenía que pedir ayuda. Y de inmediato.

Las señales hablaban por sí solas. Algo raro me estaba pasando porque yo ya no era la misma ni mi cuerpo respondía como antes. Una amable y joven reponedora se acercó corriendo hacia mí y me preguntó si estaba bien, si necesitaba algo. «Muchas gracias», le contesté escuetamente cuando me dio unas servilletas, y, ruborizada, mientras me limpiaba, salí disparada hacia la calle dejando todo en la cesta y sin pasar por caja. El miedo y la vergüenza se apoderaron de mí y no supe reaccionar de otra manera, me comporté como si hubiera cometido un delito. «¿Qué me está pasando, por qué mi mano ya no es mía, por qué ha desaparecido?». Los pensamientos de miedo e incertidumbre enmarañaban mi cabeza y un sinfín de preguntas acudían a mi mente de manera imparable: «Pero ¿qué me ocurre? ¿Por qué a mí? ¿Se me pasará? ¿Será grave? ¿Podré seguir siendo profesora de artesanía y cerámica?». De todas ellas, quizá esa última pregunta era la que más profundamente se me clavaba en las entrañas, porque moldear arcilla era la pasión de mi vida.

Además, no podía dejar de pensar que alguna extraña fuerza se había apoderado de mí. Me sentía rara, como Gregorio Samsa en *La metamorfosis* de Kafka, que se despertó convertido en un insecto. ¿Ese era mi cuerpo?, ¿qué le estaba sucediendo? No me explicaba los cambios de mi fisonomía, necesitaba descifrar el misterio de mi nueva realidad, mi nuevo yo, mis nuevas alas de mariposa marchita. Miraba mi mano con incomprensión y un regusto amargo en la garganta. No entendía por qué era de ese tamaño cuando yo sentía que era mucho más grande que la que estaba viendo. Tenía la sensación de que alguien me había pegado al brazo esa nueva mano, porque si algo tenía claro es que no era la mía.

Sin embargo, mi mano era la de siempre, al menos eso me dictaban los ojos: menuda, con sus cinco dedos, sus falanges, sus uñas mordisqueadas, sus incipientes arrugas y su piel seca.

Me toqué la mano una y otra vez, queriendo encontrar alguna señal debajo de la epidermis, algún rastro de su anterior existencia. Ahí estaba yo, frota que te frota como si mi mano fuera una lámpara mágica de la que surge un genio y le pides deseos. En este caso no encontré ni lo uno ni lo otro, y lo único que conseguí fue una rojez causada por tanta fricción. Al llegar a casa, abrí a toda prisa el portal y subí las escaleras de dos en dos como si se me hubiera olvidado apagar el gas o tuviera que atender una emergencia. Ya en el cuarto de baño, abrí el grifo de agua caliente y posé mi mano justo debajo, esperando la reacción que certificara que todo estaba bajo control. Pero no fue así. El vaho empezó a nublar el espejo de la pared, pero mi mano seguía sin responder a los estímulos externos. De pronto era como un barco sin señal de radio, perdido en el océano en medio de una tormenta. Fue entonces cuando me convencí de que debía pedir ayuda médica, aunque tardaría unos días en acudir al hospital.

—Salma Plaza. Acompáñeme, por favor, ya tenemos sus resultados —dijo al fin la silueta de una mujer de mediana edad con bata blanca, mascarilla y guantes de látex.

Suspiré aliviada y me levanté dando un respingo al escuchar mi nombre, como si esa voz tuviera poder sobre mí y me despertara de una hipnosis. La Celestina del Tinder me miró cómplice y me guiñó el ojo para darme ánimos. Era su forma de desearme suerte. En las salas de espera de los hospitales se genera una extraña empatía y conexión entre las personas, tal vez fruto de compartir el miedo. Paré la música y guardé los cascos. La neuróloga caminaba muy erguida, como si sostuviera varios libros sobre su cabeza y demasiada responsabilidad sobre los hombros. Llevaba gafas finas y doradas, muy modernas y ochenteras. El pelo alisado perfecto, las mechas recién dadas, las uñas con manicura francesa bien acabada. También muchas pulseras en la muñeca, y yo intentaba observar cada una de ellas, adivinar lo que tenían escrito, sus colores, sus formas. Me convertí en una especie de detective, quería conocer más de ella, saberlo absolutamente todo, como si esa información fuera a ayudarme a conocer más de mí misma también. Sus ojos eran verdosos, su pelo color trigo, sus brazos fibrosos de hacer ejercicio con regularidad o tal vez de la propia genética, o una mezcla de ambas.

Me pidió entonces que me sentara, a lo que obedecí. Miraba unos informes que tenía sobre su mesa, junto a la grapadora, el calendario y el poto, que suplicaba un poco de riego.

«Ninguna fotografía sobre la mesa, así es difícil averiguar más sobre su vida. Qué reservados se han vuelto los médicos hoy en día —pensé—. Mejor, de esa manera no juzgo a las personas. No estoy aquí para vivir el *Sálvame Deluxe* de la medicina», me dije en un monólogo interior acuciado por la ansiedad. Tenía la necesidad de levantarme y regar esa planta, pero en lugar de eso me quedé en mi sitio como manda la norma. Debía de haber pasado mucho tiempo sin agua para que el poto se secara. Casi una eternidad. La neuróloga ojeaba los papeles con mucha atención y asentía, pero no decía palabra, como si estuviera poniéndose de acuerdo consigo misma antes de determinar un diagnóstico. Su calma era inversamente proporcional a mi nerviosismo; vivíamos en dos vidas paralelas. Yo la miraba con atención, aguardando una respuesta como el perro espera el hueso de jamón. Ella escribía algo en el ordenador con poco acierto. Angustiada, me pregunté por qué no decía nada. «Esto tiene mala pinta», temí. En la consulta, el aire acondicionado sonaba igual que el motor de un Boeing 747 en un vuelo sin destino claro, un vuelo en suspense, un sonido monótono, blanco, tenue, un sonido aburrido sin aspavientos. Unas luces cegadoras de interrogatorio policial salpicaban el techo y un biombo separaba la mesa de la neuróloga del resto del habitáculo, que lo ocupaba una camilla y una silla.

—¿Has tenido dolor? —preguntó tras su pila de informes grapados.

—No, dolor creo que no. —Tuve que pensar—. De momento no.

—¿Visión borrosa?

—No —musité rápido, esta vez sin pensarlo demasiado.

—¿Parestesias?

—¿Eso qué es? —pregunté mostrando mi ignorancia.

—Es un trastorno de la sensibilidad que se manifiesta con sensaciones anormales sin estímulo previo, como el hormigueo —explicó ella.

—Pues eso sí que lo noto en la mano derecha.

—¿Fatiga?

—Sí.

Anotó algo tras escucharme.

—¿Incontinencia urinaria?

—No.

Repasé mentalmente una vez más cómo habían sido los días previos a ir a urgencias. Intenté recordar con nitidez, entre toda la marabunta de emociones, ese miedo que me devoraba poco a poco como Saturno a sus hijos, y que me había bloqueado hasta tal punto que no sabía si todo lo que estaba pasando era real o no. El acorchamiento de la mano derecha había sido mi mayor preocupación, desde luego, pero me di cuenta de que sí, que también había tenido algo de visión borrosa, que justo hacía unos días había notado una especie de nube de algodón en los ojos que me impedía ver con claridad. Nada grave, pensé, y me había echado colirio, por si acaso se me habían resecado los ojos, pero es cierto que la nube seguía ahí, impenetrable, manchando el iris de mi ojo como un muro de polvo grisáceo.

—Ahora recuerdo que he tenido algo de visión borrosa

estos días, aunque como hay tanta contaminación pensé que a lo mejor era por eso. No le he dado mucha importancia, la verdad. Me ha preocupado más lo de la mano porque me impide hacer mi trabajo.

La neuróloga asintió y siguió escribiendo en el ordenador lo que yo imaginé que serían una o dos líneas, pero que se me hicieron interminables entre tanto silencio y tecleo pausado. «A ver si se da un poquito más de prisa». Escribía con fuerza y con el dedo índice de cada mano, y a veces se detenía y se quedaba mirando al techo como si allí estuviera la respuesta que buscaba. Otras veces realizaba otra pregunta más para salir de dudas, intentar dar en el clavo, no dejarse nada en el tintero. Ella hacía muy bien su trabajo, con la precisión de un reloj suizo, pero yo no podía decir lo mismo de mis vanos intentos para mantener mi respiración a raya.

—Acompáñame a la camilla, que vamos a hacer un estudio neurológico —me pidió.

Fui detrás de ella, aunque yo no caminaba tan erguida, hasta una camilla cubierta con un papel de esos de rollo grande, que estropeé nada más sentarme sobre él.

—No te preocupes —me tranquilizó con una media sonrisa—. Para eso están.

A continuación, me dijo que cerrara los ojos, que los abriera, me tocó ambas piernas, me preguntó si sentía lo mismo en cada una de ellas, agarró un pequeño martillo y me golpeó con suavidad en las rodillas, que se movieron solas, como si fueran las de una marioneta inerte. Después me pidió que dirigiera mi dedo a la nariz y luego a su mano, que siguiera su dedo con los ojos hacia un lado, después hacia el otro. Me presionó los talones y tiró de ellos con fuerza hacia sí misma, y me indicó que empujara mi pierna hacia ella. Luego, que me levantara y caminara, un pie detrás del otro. Parecía fácil, pero no lo era, perdí el equilibrio y a punto estuve de caerme al suelo, aunque ella me sujetó. Me hubiera gustado abrazarla entonces. Regar ese poto seco y abrazarla entraba dentro de mis prioridades en esa habitación.

—Te tengo. Vale, ya puedes sentarte, Salma —dijo mientras me acompañaba a la silla.

Diligente, obedecí y me senté frente a ella. Llegaba el momento de conocer la verdad, de salir de dudas. Mi estómago se encogió al sentir unas cosquillas punzantes. Nerviosa, adiviné la inmediatez de una mala noticia y apreté los puños con fuerza, como si el avión en el que iba montada fuera a caer en picado en breves instantes. Miré al poto con tristeza, le guiñé un ojo en señal de despedida y cerré los ojos.

Los abrí al comprobar que la doctora no acertaba a dar su veredicto final. Sobre el negatoscopio, había posado la resonancia de mi cerebro y mi médula. Ese era mi interior y el enigma por descubrir, compuesto por muchos puntos blancos que formaban constelaciones en el firmamento de mi cráneo. Puntos que parecían un Kandinski mejorado. En mi cabeza había arte, a juzgar por las veintidós lesiones que configuraban ese paisaje dentro de mi encefalograma con mi córtex y mi parietal.

—Bueno, Salma, he revisado tus informes previos y, después de los análisis y el estudio neurológico, es muy probable que estemos ante un caso de esclerosis múltiple. Aún tenemos que hacer una punción lumbar para saberlo al cien por cien, pero es muy posible que se trate de esta enfermedad neurodegenerativa —dijo al fin, sin rodeos.

El tiempo se detuvo y estuve al borde del desmayo, como si mi vida se escapara de pronto por un desagüe y yo la viera desde arriba sin poder hacer nada para evitarlo. Me pareció que la neuróloga decía que aún quedaba pendiente realizar una punción lumbar para confirmarlo. Pero yo ya no escuchaba nada, estaba en shock, mi atención se había ido a otra parte. «Esclerosis múltiple», repetía mi cabeza sin parar. Sus labios se movían y emitían sonidos, pero el mensaje no llegaba a mí. «Esclerosis múltiple». Ella seguía hablando de fondo y decía que se trataba de una enfermedad desmielinizante, como si yo supiera qué demonios significaba eso. La neuróloga me explicó que en la médula espinal había una especie de cables y que las células de mi cuerpo se entretenían pelándolos como si fueran un enemigo al que aniquilar. Sinceramente, agradecí esa explicación para *dummies*. Luego también me contó que la mía era una enfermedad autoinmune, que es algo así como que nuestro cuerpo se ataca a sí mismo con todos esos glóbulos blancos y rojos haciendo de las suyas en la dirección equivocada.

«Esclerosis múltiple. Pero ¿cómo puede ser?, ¿qué me está pasando? Es imposible, debe de haber un error, a lo mejor se han equivocado y se han traspapelado los expedientes de otra persona». Los pensamientos se arremolinaban veloces en mi cabeza como el agua del grifo antes de perderse para siempre en el desagüe. «No, no, no, es imposible que ese diagnóstico sea el mío. Me niego, yo estoy perfectamente, tiene que haber un error. No siento la mano del todo, vale, pero de ahí a tener esclerosis múltiple, eso ya son palabras mayores. Eso es una enfermedad grave y yo me encuentro bien, tengo mis achaques, como todo el mundo, pero nada grave. ¿Cómo va a ocurrirme eso a mí? Tiene que haber un error. Yo no puedo terminar en una silla de ruedas, o peor, postrada en una cama». La negación se había posado frente a mí, con una túnica negra y una máscara que le cubría el rostro. Me miraba a los ojos, inmóvil, retadora.

«Si yo me cuido, soy joven, tengo veintiocho años, ya no fumo, apenas bebo, soy deportista». Me vino a la mente la imagen de una persona en silla de ruedas, sin apenas movilidad, sin habla… «No, no puede ser, tiene que tratarse de un error. Si yo estoy estupenda, ¿no me ve? Si camino perfectamente, no me he caído en la exploración. Se han debido de confundir con el expediente de otra persona, yo soy Salma Plaza, que lo comprueben bien. No es posible que esto me pase a mí. Yo no puedo terminar en una silla de ruedas, tan joven». Mi yo interior continuaba pataleando, pero los informes eran claros al respecto.

No tenía buena pinta porque había demasiadas lesiones y la enfermedad avanzaba rápida como una gacela, pero los tratamientos eran ya muy eficaces y conseguían detener la progresión de la esclerosis, o eso era lo que decía la neuróloga, y quién era yo para contrariarla. En lo que llamaba «tejido cicatricial», yo solo veía puntos blancos en un agujero negro infinito que supuestamente era mi cerebro y mi médula espinal. Esos parches blancos iluminaban la oscuridad de mi cabeza, la profundidad de mi entendimiento y de mis pensamientos. Esos puntos luminosos que decoraban las paredes de mi interior eran también parte de mí, aunque esas mismas lesiones eran las que dificultaban mi vida y me impedían hacer girar el jarrón o coger un bote de tomate sin que se me cayera. Esas lesiones me producían el mismo desasosiego que cuando imaginaba el infinito del universo.

—¿Tienes alguna pregunta, Salma?

—No, doctora… —Tenía tantas que no sabía ni por dónde empezar, así que preferí no decir nada.

—Bueno, entonces, si te parece, vamos a preparar la punción lumbar.

Asentí con la vista clavada en la resonancia que presidía la sala y no pude despegar los ojos de ahí durante un buen rato, como si estuviera hipnotizada.

3

La enfermedad de la Lola

Los días que siguieron se me antojaban lejanos y una neblina los cubría. La mente se las ingenia para que los tormentos no duren demasiado, de lo contrario no podríamos hacer frente a la vida y sus tropiezos. Al principio pasé por una fase de negación y a los pocos días empecé a entender la magnitud de la desgracia, como quien se despierta de un largo letargo.

Cuando volví a casa, la tarde del diagnóstico, me sentí ajena, distinta, extranjera y fría. Era una desarraigada en mi propio hogar. Yo ya no era la misma que había abandonado la casa antes de ir al hospital, y también mi visión sobre el mundo y sobre mí había cambiado. Era una apátrida, una desposeída, los objetos que veía ya no me pertenecían, la casa ya no era mía, sino la de otra yo lejana. En el fondo, la que había salido y luego entrado por la puerta era otra, como en ese programa de la televisión, *Lluvia de estrellas*, solo que en este caso era al revés: había salido con el traje de gala y había vuelto hecha unos zorros.

Por suerte, ahí estaba Coco, mi perro saltarín, moviendo el rabito y saludándome con lametones. Tan feliz, tan ajeno a todo, tan fiel y leal compañero. Él al menos no me abandonaría, pensé. No mientras siguiera comprándole su pienso favorito y rascándole la panza. Eso me dio cierta paz, cierta calma, como encontrar un refugio en medio de la tormenta. Le acaricié igual que la primera vez, investigando cada uno de sus recovecos peludos, dejándome llevar por el placer de la suavidad de su barriga mientras él se tumbaba boca arriba, con la lengua fuera, jadeante de gozo. Coco era una de esas pelotas antiestrés que estrujas con las manos cuando tienes ansiedad. Posé las manos sobre sus carrillos y sobre sus patas, masajeando sus almohadillas, y también detrás de las orejas. «Las caricias son el mejor ansiolítico, deberían recetarlas los médicos», pensé.

—Esclerosis múltiple, Coco, ¿qué te parece?

Dio un respingo y me trajo una pelota para que se la lanzara. Envidié su ignorancia, su manera de estar en el mundo, tan presente, tan genuina, tan al margen de todo lo que nos perturba a los humanos. Sentí una alegría amarga, me encantaba verle tan feliz, tan apartado del caos, pero me apenaba no poder explicarle que yo ya no sería la misma. ¿Podría recuperar la mano y lanzarle la pelota como antes? De pronto una nueva losa se posó sobre mi espalda, un nuevo peso más en la mochila que ya empezaba a hacer mella. Pero aún me quedaba la otra mano, así que zanjé rápido esa preocupación.

Mi madre había pasado por casa y por lo visto se había quedado un buen rato, no solo porque Coco tenía comida y agua en sus cuencos, se notaba en el equilibrio de las cosas y en lo impoluta que estaba la estancia, algo que agradecí. Era tarde para acercarme al taller e introducir las manos en la arcilla, y la otra cosa que podía relajarme era darme una buena ducha caliente o quizá un baño espumoso. Mientras estaba en el baño repasé todo lo que me había contado la neuróloga y los siguientes pasos que tendría que dar, las pruebas que aún me tenían que hacer. Intenté recordar todas esas palabras que me sonaban a marciano: «parestesias», «desmielinizante», «remitente recurrente». Pero lo que más me preocupaba de todo era si recuperaría el uso de la mano en su totalidad o si me quedarían secuelas. ¿Podría trabajar solo con la izquierda?, ¿podría volver a tener una vida normal?, ¿podría volver a enamorarme y ser correspondida? Demasiadas preguntas, ninguna certeza. El vaho de la ducha fue relajándome un poco y disipando mi inquietud, que acabó diluyéndose en las partículas de vapor. Me unté un poco de gel hidratante de argán con fragancia de almizcle, un olor con el que me apetecía impregnar durante horas mi cuerpo hasta que las tareas del día lo hacían desaparecer y regresaba mi propio olor corporal.

Un rato después, algo más tranquila, me tumbé en el sofá y encendí el ordenador. No miré las decenas de correos atrasados que tenía pendientes de leer, ni tampoco las recomendaciones de Google o el tiempo en Madrid. Lo que necesitaba en ese momento eran respuestas a tanta incertidumbre y opté por lo menos recomendable. Tecleé en Google «esclerosis múltiple» y apareció en la pantalla: «Enfermedad neurológica; afecta al sistema nervioso central, formado por el cerebro y la médula espinal, es neurodegenerativa y autoinmune. El sistema inmunitario normalmente protege al cuerpo, pero en la EM ataca a la mielina de las células nerviosas (neuronas) por error».

Así que mi sistema me estaba atacando por error, como si se hubiera desconfigurado o el sistema operativo estuviera dañado. Suficiente. Cerré el ordenador y acaricié a Coco, que se había subido a mi regazo pidiendo mimos y quería que le lanzara la pelota de nuevo. Más tarde daría un paseo con él, cuando recuperase las fuerzas, porque apenas me tenía en pie. Le pedí perdón y paciencia con la mirada, y él me respondió dejándome una vez más la pelota sobre los pies. Era evidente que su cuerpo y el mío no estaban en la misma sintonía.

Con la pelota de Coco en la mano, caí en la cuenta de que un mundo nuevo se abría ante mí y yo no contaba con las herramientas para afrontarlo. Estaba desprotegida, era vulnerable y diminuta, y un monstruo enorme se abalanzaba sobre mí, con su cabeza descomunal y sus manos y sus brazos grotescos. Se acercaba una de las partes más complicadas del proceso: contar la noticia a la familia y los amigos. Repetir siempre lo mismo, esperar a ver cómo se lo tomarían, en muchos casos tener que consolar yo a la otra persona que recibía la noticia. Medité mucho sobre cómo hacerlo porque no quería preocupar a nadie, ¿de qué serviría? ¿Y si no les contaba nada? Además, la neuróloga me había explicado que la cortisona que me habían inyectado desinflamaba las lesiones del cerebro y de la médula, y eso hacía que, en principio, los síntomas de la enfermedad se minimizaran. Quizá pudiera ocultarlo, pasar por normal dentro de lo que cabe. Sería difícil esconderlo ahora que mi vida había dado un giro de ciento ochenta grados en apenas una semana. «¿Cuánto tiempo pasará hasta que vaya en silla de ruedas?, ¿perderé la vista?, ¿y el tacto?». Muchas preguntas me bombardeaban la cabeza y no había respuesta para casi ninguna de ellas. La tristeza y la incertidumbre me abrazaban como la noche abraza a los gatos callejeros.

Entonces rebusqué entre mis recuerdos y encontré el único referente de la enfermedad que tenía. Se llamaba Lola, una señora mayor del pueblo de mi madre, en un lugar de La Mancha de cuyo nombre sí quiero acordarme, pero no viene al caso. Esa señora iba en silla de ruedas y todos la querían, y siempre repartía golosinas entre los niños. Era una de esas personas con risa contagiosa, bondad infinita y un altruismo desbordante.

«Si pasa algo se le saluda —ese era su lema de vida—. Cero dramas, cero complicaciones, tan solo disfruta el momento», algo que parecía sencillo para ella pero que al resto nos costaba horrores.

La Lola había sufrido demasiado, su marido se murió siendo ella muy joven y tuvo que hacerse cargo de su hijo ella sola, con muy poco dinero en la cuenta bancaria. Mi abuela siempre contaba que en la posguerra hubo en nuestro país bastante pobreza y, debido a su enfermedad, la Lola tenía complicado trabajar fuera de casa. Se dedicaba a hacer remiendos y arreglos y cosía cortinas para las gentes del pueblo y aledaños. Después empezó a fallarle la vista y las manos se le movían nerviosas, por lo que se vio obligada dejar la faena de lado. Entonces llegó la escasez a su casa, las penurias que ella guardaba de puertas para dentro, como quien guarda una vergüenza.

—Así que imagínate, Salmita. Menos mal que en el pueblo le echaban una mano, que si unos tomates, que si unos huevos y leche para el niño, que tiene que crecer, unas manzanas, las nueces del Anselmo que estaban bien ricas… Si no, a saber qué hubiera sido de la Lola y Julito, pobrecitos —relataba mi abuela.

Y así es como la Lola y su niño fueron saliendo adelante, con el consuelo y la generosidad de sus vecinos. «Donde comen dos comen tres», se ha dicho siempre, y por algo sería el refrán.

Mi abuela me contó también una anécdota que ocurrió mucho antes de que yo naciera. Su hijo llevaba unas gafas de culo de vaso y tenía unos rizos salvajes, pero era muy querido por todos porque había heredado algo del carisma de su madre y porque todo lo que tenía que ver con la Lola era respetado y cuidado por el resto como si fuera propio.

—Imagínate, Salma. Una vez unos chavales del pueblo le robaron la bicicleta sin saber que era el hijo de la Lola y, en cuanto se enteraron, se la devolvieron y le pidieron perdón con la cabeza gacha. Almas de cántaro… —recordaba mi abuela, y se reía con esa gracia que lleva un peso de añoranza.

Aunque mi madre me había dado una versión bastante diferente, en la que los mozos del pueblo no eran tan compasivos ni con la Lola ni mucho menos con Julito. Las historias de una y otra se mezclaban formando un batiburrillo y ya no sabías a quién creer, parecía una suerte de «elige tu propia aventura». Lo que estaba claro es que la Lola era una de esas personas especiales que solo se conocen una vez en la vida y te marcan para siempre, y no quieres que desaparezcan nunca y te aferras a ellas como quien se aferra a un tesoro. Otra de las historias que mi abuela me contaba era la leyenda de que la Lola había conocido a uno de los Beatles (aunque no especificaba a cuál, como si ese detalle fuera lo de menos). Y también que había sido amiga de la otra Lola, de Lola Flores. ¿Cómo? Nadie lo sabe, pero poseía un carisma tal que podía ser completamente cierto. O sería que mi abuela tenía mucho arte y mucho ingenio contando historias, vete tú a saber.

Sí, la Lola era especial, la adorábamos en mi familia, pero la verdad es que yo ahora no tenía la intención de terminar como ella, sobre todo si perdía mi mano.

Mientras pasaba la mano entumecida sobre el lomo de Coco recordé la primera vez que había visto a la Lola en silla de ruedas, porque antes de eso caminaba como buenamente podía apoyándose en el bastón, que la ayudaba a no andar a trompicones e ir tropezando con el suelo deforme. Entonces yo era una niña y nunca había visto ese artilugio que no era ni una silla ni una bicicleta ni un coche y que solo lo usaba ella en el pueblo. Mis ojos se clavaron en esas ruedas aparatosas llenas de alambres. No podía apartar la vista, parecía que esas ruedas tuvieran un imán o algo por el estilo, me hipnotizaban con ese poder que tiene lo misterioso y lo incomprensible, igual que un universo infinito lleno de estrellas, como mi cerebro lesionado y herido.

—Toca, toca, hija, no te cortes —me dijo la Lola.

Y yo dudé, no sabía si acercarme o no. Tenía miedo, pero también curiosidad, como cuando te montas por primera vez en una montaña rusa y lo ves todo desde arriba justo antes de caer en picado.

Me daba una vergüenza tremenda tocar esas ruedas que eran casi más grandes que yo, y me fui aproximando sigilosamente y con cautela, como si fueran a atacarme. Las puntas de mis dedos rozaron con timidez una de las ruedas mientras la Lola me miraba con ojos de orgullo porque, después de todo, ese aparato extraño le daba la libertad que la falta de movilidad le había arrebatado. Sin embargo, a mí no me convencía, ¿por qué la Lola no andaba como yo? Había algo en toda esa historia que me parecía injusto, me enfadaba, no entendía por qué la Lola se había convertido en una máquina sobre ruedas, un ente aparatoso completamente desconocido para los ojos de la inocencia infantil. ¿Acaso había dejado de ser esa persona adorable para convertirse en una especie de robot? La miré con los ojos de quien no entiende nada, con esa vacilación propia de las primeras veces.

—No pasa nada, bonita. Yo estoy bien en esta silla, es muy divertido, puedo ir deprisa siempre que quiera, casi como un coche. Y mira —hizo sonar una bocina que tenía acoplada en uno de los reposabrazos y yo pegué un respingo—, si alguien no se quita de en medio yo pito y así se aparta. Soy la reina de la pista, ¿qué te parece?

La Lola volvió a tocar la bocina y en mi cabeza de niña me la imaginé en su silla de ruedas girando sobre sí misma al son de la música y bajo unos focos de colores y una bola de disco plateada y ochentera dándolo todo con una sonrisa dibujada en el rostro. Todos daban palmas a su alrededor y gritaban «Lola, Lola», y ella sacaba a bailar a la pista a cada uno de los asistentes con ese desparpajo que la caracterizaba mientras cantaba: «*It's raining men, hallelujah*». Otro bocinazo de la Lola me devolvió al frío hierro de la silla de ruedas y aparté la mano curiosa, como si me hubiera dado un calambrazo.

Tras el encuentro con nuestra vecina y su estrambótica silla, al volver a casa le pregunté a mi madre a toda prisa que qué le pasaba a la Lola, sin tan siquiera saludarla, porque necesitaba descubrir qué había detrás de ese misterio. Mi madre dejó de pelar patatas, como queriendo cambiar de tono y dotar a la escena de la seriedad que merecía, y me contó que la Lola estaba malita, que tenía esclerosis múltiple, una enfermedad muy rara para la que no había cura. Me lo dijo con esa voz que usan los padres para quitarle hierro a las cosas, como si las palabras pudieran acariciar la dureza de los hechos y transformarlos.

—Pero está en buenas manos, los médicos hacen todo lo que pueden y ella es muy positiva, seguro que saldrá adelante —me explicó.

—Pero ¿tiene fiebre? —pregunté yo con ingenuidad.

—No, no tiene fiebre. Tiene las piernas dormidas, como te pasa a ti cuando tengo que hacerte crucecitas con los dedos para despertarlas, ¿sabes?

—Entonces ¿si le hacemos un masaje con crucecitas se le despertarán? —pregunté con esperanza.

—Ay, bonita, eso no es tan sencillo —dijo acariciándome el pelo y agachándose para ponerse a mi altura de niña.

Después me besó la frente y me peinó con los dedos poniéndome los mechones detrás de la oreja. Me acomodó la diadema de terciopelo morado y me rozó la mejilla.

Esa fue la primera vez que escuché las dichosas palabritas que me acompañarían en un futuro de manera inevitable e irreversible: «esclerosis múltiple». Eran hasta complicadas de pronunciar, pero se me quedaron grabadas. Recuerdo que ese día conocí el significado del miedo y la congoja. Miedo a lo desconocido, a la vulnerabilidad y la fragilidad de las personas. Me pregunté qué pasaba cuando alguien tenía una enfermedad, por qué unos sí y otros no, qué habían hecho mal para sufrir ese crudo destino. Tiempo después descubrí que, como la Lola, algunas personas enfermas de esclerosis múltiple se morían; eso quería decir que desaparecían, dejaban de existir, de ser, y su ausencia era una especie de agujero negro, tiempo detenido y espacios vacíos.

Coco me mordisqueó la muñeca para llamar mi atención, pues mis pensamientos seguían navegando por el pasado y aquella sonrisa que la Lola siempre te arrancaba. Como el día en que se me cayó mi primer diente y a mí no me hizo ninguna gracia ver ese hueco en la encía, me miraba al espejo y no me reconocía, pero ella aseguró que el ratoncito Pérez me iba a traer un regalo. Esa misma noche miré debajo de la almohada y ahí estaban, una peonza y un cuaderno para dibujar. Luego me dormí con una risa agarrada a mis nuevos regalos. Pero con la Lola no todo fueron siempre sonrisas y alegrías; por más que quisiera esconder sus desgracias, de vez en cuando afloraban. Recuerdo una vez que volvía de la compra con su carrito y tropezó con un borde de la acera cuando intentaba entrar en su casa. Julito salió a toda prisa, que la levantó lo más rápido y diligente que pudo. Ella apenas se quejó, pero estuvo un mes sin poder andar a causa de la aparatosa caída, que le debilitó la musculatura. Y así, esto se repitió unas cuantas veces más antes de que terminara definitivamente en la silla de ruedas.

—No pasa nada, y si pasa algo se le saluda —volvía a decir en cada caída, en cada duelo, porque decir adiós a la salud es una despedida.

Esa imagen me revelaba que no estaba preparada para algo así, yo no quería que nadie tuviera que ayudarme ni cuidarme, quería ser independiente; ni tampoco me planteaba estar en una silla de ruedas, por mucho que pitara. Yo quería seguir siendo bípeda y normativa. A mí esto de estar enferma me venía realmente mal, era un jaleo, un follón, un problema de los grandes y no estaba dispuesta a hacerle frente.

Mientras Coco mordisqueaba un peluche al que ya le faltaban las orejas y los ojos, me dio por pensar que a lo mejor yo no tenía el mismo pronóstico de la Lola. Sin embargo, esa inseguridad sobre un futuro incierto me hacía deambular a ciegas, como en una habitación a oscuras con muchos obstáculos y trastos por todas partes. Era precisamente ese miedo el que me bloqueaba y me impedía pensar con claridad: en mi cabeza había un nubarrón mental.

Toda esa oscuridad me llevó irremediablemente a recordar el funeral de la Lola. Estaban todos allí: Manolo el pregonero, Paco el alcalde, María la costurera, Gregoria la practicante, Enrique el panadero, Guillermo el pastor, Carmen la maestra, Juanjo el lechero… Antes la habían amortajado en su casa las mujeres del pueblo, de luto riguroso, como gatos pardos en una noche cerrada sin luna. Tiempo después, mi abuela me contó que a los hombres les daba miedo el ritual y eran ellas las que se encargaban de envolver los cuerpos con sumo cuidado. Las mujeres eran las que hacían de matronas recibiendo la nueva vida y las que preparaban el cuerpo para partir. El cura leyó unas palabras, aunque la Lola no era mucho de Biblia ni de ir a la iglesia, pero había tenido muy buena relación con él, pues la ayudó cuando supo de su enfermedad.

Su hijo Julito depositó una rosa roja sobre la tumba y lloró como un niño desconsolado, roto por todos lados.

—Adiós, mamá, te quiero —acertó a decir entre sollozos.

Estaban demasiado unidos, como Antonio Flores y su madre, la otra Lola. Siempre se dijo del cantante que no pudo superar la ausencia de su madre y fue eso lo que lo condenó. El cordón umbilical se rompió entonces y no era precisamente el día de su nacimiento, sino mucho tiempo después. Julito no estaba preparado para perder tan pronto a su madre, como yo no lo estaba para que mi salud empeorase. ¿Acaso hay alguien preparado para la pérdida? Supongo que lo estamos para la buena nueva, la risa, el regalo del ratoncito Pérez debajo de la almohada, los masajes de cruces en las piernas dormidas, la fiesta en la pista de baile, los abrazos de los nuestros. Aquel día caían las primeras gotas de un abril lluvioso, como si de alguna forma la Lola nos mandara un mensaje entre líneas. O quizá necesitábamos creer en ello para encontrar consuelo entre las nubes oscuras de un día que llegó demasiado pronto. Siempre lo es para morirse, pero sobre todo para dejar ir a alguien amado. La Lola ya no hacía sonar su bocina y las calles se quedaron desiertas, mudas, grises y alicaídas. El luto consistió en una suerte de silencio prolongado en el tiempo, en señal de respeto a una persona de su talla y consideración.

La Lola había fallecido como consecuencia de las dolencias que le había provocado la esclerosis múltiple y ahora yo tenía la misma enfermedad. ¿Qué me habría dicho si aún viviera? Seguro que tendría un consejo preciso, práctico, esperanzador, que me ayudara a afrontar mi nueva vida. Intenté imaginarla con su sonrisa luminosa y sus ojitos abiertos de par en par, como luceros, con esas pestañas largas que aleteaban en sus párpados.

—Si pasa algo se le saluda —me pareció escuchar en un rincón de la salita.

Ese recuerdo sabía a algodón de azúcar o a rosquilla de anís.

La imagen de la Lola y sus golosinas me llevó al cajón de mi escritorio. Saqué un regaliz rojo, como el que me daba veinte años atrás para endulzar cada momento, y me lo comí en honor a ella.

Mientras lo saboreaba, intenté encontrar consuelo en la música. Encendí el tocadiscos y me puse a Aretha Franklin y su *I Say a Little Prayer*, una canción que me alegraba aunque los nubarrones me nublaran la vista. Mientras tanto, buscaba las palabras para contarle a mi madre algo que previsiblemente le iba a doler mucho. ¿Cómo le contaría la Lola a Julito lo de su enfermedad? Ay, Lola... ¿Cómo podía una hija darle esa noticia a su madre sin romperle el corazón? Quizá era imposible y eso formaba parte del proceso de aceptación, y cuanto mejor lo llevara yo, con más entereza, mejor lo encajaría ella.

Mi madre es una persona divertida y dicharachera, muy libre y muy hippy, además de feminista, y no lo digo porque sea mi madre, cualquiera que la conozca diría lo mismo. Si soy algo en la vida se lo debo a ella. Fumé mi primer porro de marihuana con ella y he ido a cientos de conciertos de su mano. Mi madre es mi madre, pero sobre todo es mi amiga, y quien sepa de lo que hablo también sabrá que lo que tengo es sobre todo suerte. Por eso mismo me costó tanto encontrar la manera de explicarle la situación. Qué difícil es acertar con las palabras para causar el menor daño posible. Ahora era yo quien iba a repetir la misma explicación que me dijera ella veinte años atrás cuando le pregunté qué le pasaba a la Lola.

Me tumbé, Coco me siguió, como siempre, y se acostó a mi lado. Tarareaba a Aretha con el móvil en la mano y el número de mi madre en la pantalla, pero sin atreverme a apretar el botón verde de llamar. Titubeaba, bloqueaba el móvil, lo desbloqueaba como si deshojara una margarita, pero de manera automática, sin reparar demasiado en mis movimientos, pensando en las palabras que iba a pronunciar cuando mi madre descolgara. Me puse a imaginar cómo habría sido la vida de Aretha, que fue madre siendo tan solo una niña de doce años y que sufrió violencia por parte de su padre, además del abandono de su madre cuando ella tenía seis años. Sin embargo, pudo canalizar todo ese dolor a través de la música, hasta convertirse en una de las mejores cantantes de todos los tiempos. Tenía un talento especial, escuchaba cualquier pieza y de inmediato podía interpretarla al piano a la perfección. Aretha me puso en mi sitio; después de todo no tenía derecho a quejarme, mi madre me quería y siempre había estado a mi lado. Y con mi padre... Bueno, esa es otra historia que ya contaré más adelante. Justo en ese momento, como si la telepatía funcionara, vi la llamada entrante de mamá. Se me encogieron las tripas y tragué saliva. Me erguí, tocaba ser valiente, afrontar la situación como buenamente pudiera.

—Hola, mamá. —Y, sin embargo, mi voz era la de una niña asustada, la misma que se escondía a un metro de las ruedas de la Lola.

—Hola, cariño. ¿Qué tal estás?, ¿cómo te ha ido en urgencias?

—Bien... Me han hecho de todo: análisis, resonancia, pruebas neurológicas... Estoy un poco cansada...

—Ya imagino, hija. Pero ¿qué te han dicho?, ¿está todo bien?

Mi madre esperaba una respuesta y entonces supe que ya

no había marcha atrás, que tenía que contárselo. Me pareció ver a la Lola en el mismo rincón de antes, esta vez guiñándome el ojo y asintiendo, como queriendo echarme una mano.

—Bueno, verás, mamá, no te preocupes, pero… —intenté decir.

«No te preocupes, pero…» es como empiezan todas las frases que no tienen un buen final, el «pero» nunca es un indicador de nada positivo. Son frases que intentan tranquilizar pero no engañan a nadie, más bien todo lo contrario.

—No me preocupo, dime.

Cada vez la notaba más nerviosa. Estaría mordiéndose las uñas, como hace siempre que está inquieta. Como hago yo, pese a las broncas de mi padre cuando era niña; de tal palo, tal astilla. Decidí no prolongarlo más, iba a ser peor el remedio que la enfermedad, así que lo solté de golpe, sin anestesia ni medias tintas.

—Tengo esclerosis múltiple, mamá… como la Lola.

Al otro lado se hizo un silencio atronador.

4

Una habitación con flores

No creo que ninguna madre esté preparada para ver enfermar a una hija, para que su deterioro sea mayor que el suyo propio. Mamá era una tía muy enrollada, le podía contar cualquier cosa, no había tabúes en casa: mi primer beso, mi primer novio, mi primera ruptura y mi primera relación sexual. Ahora le acababa de contar que me habían diagnosticado una enfermedad relativamente grave, y era mi primera vez más dura, sin duda alguna. Por eso mismo, después de darle la noticia pude descansar, como quien se ha enfrentado a una prueba física muy ardua y llega a la meta y se desploma, o como quien tras varias horas de parto deja su cuerpo en reposo. Por fin parar, parar los miedos, parar los pensamientos, parar las preguntas sin respuesta. Aunque fuera solo un momento, lo justo para salir a la superficie y respirar una bocanada de aire para seguir avanzando hacia alguna parte del océano dibujado de arrecifes, corales y estrellas de mar.

No tenía hambre, en mi estómago no cabía nada porque estaba saciado de preocupación, pero intenté comer algo de fruta. Me acordé de mi abuela y su paciencia infinita mientras me daba una cucharada de petit suisse y me cantaba *Un barquito chiquitito* por enésima vez. Coco, ignorante de los dramas, devoró su pienso preferido en cuanto se lo puse en el plato. Observé el reloj de la cocina, mamá ya no vendría. Aunque le había insistido en que no hacía falta, antes de colgar el teléfono dijo que se pasaría a verme. Le advertí que quizá me quedase dormida enseguida, y que mejor viniera a la mañana siguiente. Antes de acostarme, me tumbé en el sofá y miré los últimos wasaps del móvil. Mi amiga Elia:

«Tía, llevas muchas horas *missing*, sé de sobra que algo ha pasado y no me lo cuentas, ¿has ligado?, venga no te hagas de rogar anda».

Ay, si ella supiera… En ese momento no tenía ganas de responder, no era consciente de que mi silencio podía provocar mayor preocupación, pero necesitaba desconexión total. Y eso intentaba, dejar la mente en blanco mientras Coco hacía de las suyas revolcándose en el sofá, como cada vez que come algo que le ensucia los bigotes, poniendo todo perdido de babas y de restos de comida. Esa noche descansé porque estaba agotada tras tantas horas de espera. Fue un sueño reparador y necesario.

A primera hora del día siguiente sonó el timbre, fui hacia la puerta y abrí los cerrojos. Mamá lucía estupenda, con un outfit jovial y colorido: falda roja y blusa floreada, pendientes de aro grande, gafas de sol redondas, zapatos de plataforma. Sin decir nada, me abrazó tras soltar de golpe en el suelo las tropecientas bolsas que traía. Adiós a los huevos.

—Ay, hija mía —me dijo, estrechándome con toda la intensidad con la que una madre puede abrazar a una hija, como si me hubiera perdido durante una eternidad y nos reencontráramos de nuevo.

—Mamá, que no pasa nada. No hacía falta que trajeras medio supermercado, estoy enferma, no muerta de hambre. —La ironía formaba parte de mí y sobre todo era mi armadura ante situaciones adversas.

—Anda ya, si son cuatro cosas.

Claramente eran más de cuatro cosas, pero da igual las veces que le digas a una madre que no necesitas nada, que ella te traerá víveres para sobrevivir durante meses o años después de un apocalipsis zombi. Supongo que en eso consiste la supervivencia de la especie, en proveerte de más comida de la que puedas consumir, por lo que pueda pasar, como esos perros que esconden los huesos en el jardín por si sus dueños no vuelven más a casa. Siempre escuché a mi madre decir: «Esto por si acaso», y de por si acasos estaban la casa y la nevera llenas.

—Que luego se me pone todo malo, mamá; se estropea o caduca y es una pena tirarlo —me quejé.

—Anda, calla, lo que no quieras ahora lo congelas. Aquí no se tira nada. Es cuestión de organizarse.

—Pero si yo puedo hacer cosas por mí misma —le dije, sin ser muy consciente de si seguiría siendo así en un futuro cercano.

—Ya lo sé, hija, pero también dices que estás cansada, así que te va a venir bien. Tú hazme caso, déjate mimar, que para algo soy tu madre.

Dejó todas las bolsas apiladas sobre la mesa de la cocina y comenzó sacando los productos frescos, que colocó en la nevera con precisión. También me trajo raíces de jengibre y ajo negro, porque eran «mano de santo» para eso que me pasaba, evitando pronunciar las palabras exactas, pero era su modo de aceptar una verdad demasiado grande. La enfermedad era inexacta, oscura, tenebrosa, como un bosque sombrío que desconocemos, porque no somos lo suficientemente valientes para mirarla de frente. No tan valientes como cuando me hablaba de la Lola; pero, claro, la Lola no era su hija.

Mi madre me trajo a casa medio supermercado, como si pretendiera curarme a base de estofados y guisos. Su madre, mi abuela, era igual. Nos ponía la paella encima de la mesa y miraba nuestras caras con satisfacción, con orgullo de haber hecho las cosas como Dios manda y habernos alimentado bien, porque a ella eso se lo negaron en su infancia. Por supuesto, nos hacía repetir, algo que no era negociable, tuviéramos o no hambre, y después la fruta y algún helado que hubiera comprado, o arroz con leche, o natillas caseras con una galleta maría y canela en el centro. Decir que no querías más, que ibas a explotar, era una descortesía hacia ella y un sacrilegio. Pasó mucha hambre en la posguerra, nos lo recordaba a menudo, y su manera de vengarse de ese horror infame que trajo a nuestro país el odio y la sinrazón era obsequiarnos con todo lo que pudiera y más. Con la paellera repleta sobre la mesa, se consideraba vencedora y sonreía después de tantos disgustos pasados. Ahora la abuela estaba en la residencia y ya no nos hacía paellas, pero nos seguía agasajando con su compañía, sus anécdotas y sus mimos, y con alguna rosquilla que otra para acompañar.

—Bueno, hija, ya sabes que la Lola murió porque eran otros tiempos, pero ahora la ciencia ha avanzado mucho —espetó mi madre de golpe.

—Ya lo sé, mamá. Si yo estoy bien, no te preocupes, la médica me ha dicho que pronto me pondrán un tratamiento y todo irá a mejor. No tengo pensado morirme de momento. —Le guiñé un ojo.

—¿Cuándo será eso? Lo del tratamiento, no lo de morirte —puntualizó riéndose.

—Gracias por el matiz. —Y me reí también—. Primero tienen que hacerme unas cuantas pruebas, para saber qué medicamento encaja más con mi tipo de esclerosis. A cada persona le va mejor uno u otro porque cada esclerosis es distinta. La mía se llama recurrente remitente o por brotes, pero tampoco te creas que sé mucho más.

—¿Más pruebas? ¿No te han hecho ya suficientes? ¿O es que no lo tienen claro? A ver si no vas a tener nada —refunfuñó.

Mi madre parecía enfadada con la ciencia y la medicina, como si fueran las culpables de mi enfermedad y no mi genética o mi predisposición o alguna bacteria que me hubiera atacado, vete a saber. Como no se sabe el origen de la enfermedad, las causas pueden ser múltiples. Al poco se percató de su insistencia y reculó, rebajó el tono, me cogió la mano. La mano de trapo. No sentía su tacto, como en otras ocasiones, y en cuanto se dio cuenta me agarró la otra mano, «la buena». Con esa sí la noté como antes, su mano áspera salpicada por el tiempo y las labores cotidianas.

—Bueno, hija, las que hagan falta, lo importante es que te pongan el mejor tratamiento y no evolucione más la cosa. Tú tranquila, que todo va a ir bien, ya verás. Ahora hay más tratamientos, cuando le pasó a la Lola no había casi nada, ya sabes. Iba mucho más rápido el deterioro, pero actualmente puede frenarse gracias a la ciencia.

—Pues no seré yo quien lleve la contraria a la ciencia —dije sonriendo, buscando la complicidad y la calma de mi madre.

—Así me gusta.

—Lo único que me da miedo es no poder volver a trabajar con la arcilla —confesé.

—Anda, anda, no digas tonterías, pues claro que vas a poder.

—Eso no lo sabemos.

—Bueno, yo sí lo sé, porque soy un poco bruja y tengo esa intuición o esa vibra, como decís las jóvenes.

—No lo sé, mamá, ojalá no te equivoques con tu vibra —sonreí.

Ese miedo se me había quedado dentro desde que escuché que tenía esclerosis múltiple. Lo que más me preocupaba era dejar de hacer mi trabajo, la ilusión de mi vida, poner mis manos en el barro y dejarme llevar, y enseñar a otras para que pudieran sentir lo mismo. Cuando tenía jarrones o tazas o macetas entre mis manos, no existía nada más. El mundo desaparecía bajo mis pies en una especie de meditación profunda. Tan solo estábamos el barro y yo, y lo que fuera creando con mis manos y mis dedos. Temía que esos momentos no regresaran nunca más y que la enfermedad hubiera llegado para llevárselos.

Desde que se lo conté por teléfono, mi madre había hecho los deberes y se había puesto al día de las últimas novedades científicas sobre la enfermedad. Puse la tetera en el fuego de gas mientras seguíamos ordenando el resto de la compra y buscando hueco donde ya no había, apilando unas cosas sobre otras, tirando algunas que ya estaban pasadas. Coco se acercaba de cuando en cuando para comprobar si caía algo al suelo que pudiera aprovechar. A mamá se le daba muy bien eso de jugar al despiste y dejar caer algo de comida cuando yo no miraba, como si no me diera cuenta. Yo me hacía la despistada también y ese era nuestro juego. Por eso Coco no le quitaba vista y se ponía zalamero a su lado moviendo el rabo.

—¿Se lo has contado a papá? —me soltó de golpe.

—Ay, mamá, no, ya sabes que no hablamos desde tiempos inmemoriales. No le voy a llamar ahora para decirle: «Hola, soy tu hija y tengo esclerosis múltiple», ¿no crees? —dije con enfado.

—A lo mejor deberías contárselo, seguro que le gustaría saberlo.

—Pues no entraba en mi lista de prioridades —dije con tono jocoso, aunque en realidad estaba malhumorada.

—Bueno, yo se lo diré. Tú no te preocupes por eso.

—No, si me da igual —sentencié—. Lo que me preocupa es dónde meter todo esto —dije, cambiando de tema, mientras buscaba algún rincón vacío para guardar las zanahorias y los limones.

Como si no tuviera suficiente con la enfermedad, ahora también tenía que darle explicaciones de mi vida a mi padre ausente. Un padre que ya hacía tiempo tomó la decisión de irse a vivir a Francia con su otra familia y que nunca echó la vista atrás. Parecía que había pasado una vida desde que se fue de nuestra casa, y en cierto modo así era. Para mí, tendría el mismo sentido salir a la calle y contarle la noticia al primer extraño que pasara que decírselo a mi padre.

—Bueno, Salma, ¿y cómo te vas a apañar? Había pensado que… —empezó a dudar—. Si no te parece mal, podía venirme aquí un tiempo, hasta que te hayas recuperado del todo.

Me lo planteó a la vez que retorcía uno de sus rizos, mirándome fijamente a los ojos, esperando una respuesta convincente por mi parte. Aunque ella ya sabía mi respuesta antes de que yo emitiera una sola palabra, porque así son las madres, saben lo que vamos a decir antes incluso que nosotras mismas. Aun así, lo intentó.

—No, mamá, yo estoy bien. Además, me has traído comida para un año. No te preocupes, que si necesito algo me planto en tu casa en un periquete, vivimos muy cerca.

—Ya, pero ¿no crees que estaría bien que ahora te hiciera compañía para pasar mejor el mal trago?

Realmente no. Era muy probable que en nuestro caso el roce no hiciera el cariño, sino que nuestras individualidades chocaran como trenes inconexos y acabaran provocando un desenlace fatal. Nuestros cuerpos se habían acostumbrado ya a seguir caminos separados y a ocupar habitaciones propias, acomodándose a los vicios y las manías que requiere vivir sin otra compañía humana.

—De verdad, mamá, estoy bien —repetí con la seriedad necesaria para resultar convincente.

Mi madre, que nunca había sido de rezar, tuvo que rogar a un dios imaginario que me mantuviera con vida. Eso fue mucho antes de ese día, la primera vez que experimentó el miedo a perderme. Nací prematura, con siete meses, y los médicos me llevaron aprisa a una de esas incubadoras con cables por todas partes y agujeros para introducir los brazos, como peceras sin ningún mar dentro. Las enfermeras y el personal sanitario se afanaron en sacarme adelante, pese a que el pronóstico no era muy halagüeño. La habitación de mamá, donde me esperaba con ansia, estaba repleta de flores que habían enviado amigos y familiares con la amable intención de calmar la espera. Sin embargo, no había flores que pudieran sustituirme, su piel necesitaba el roce de la mía con todo el anhelo del mundo. La abuela aprovechaba el tiempo mientras acompañaba a mamá en una silla colindante a su cama y tejía unos patucos que me daría en cuanto me sacaran de «la caja», que es como ella llamaba a la incubadora. Su esperanza era mayor que su desasosiego y, por si acaso, puntada a puntada trataba de evadirse y no pensar demasiado, porque la cabeza se estropeaba si le dedicabas demasiado tiempo a imaginar fantasías o a recordar el pasado, o al menos eso es lo que solía decir. Para ella, todo lo que no era vivir el momento presente era estropear la cabeza y volverse majareta. Sin embargo, a mamá le reconfortaba imaginar un futuro en el que hubiera un nosotras: ir a la feria, montar en el tiovivo, ver las luces navideñas, comer algodón de azúcar, echar de comer a los patos aunque los carteles dijeran que no había que hacerlo. Y ver tejer a su madre unos patucos blancos con el talón azul la ayudaba a creer que ese futuro era posible. Esa noche mi madre soñó que yo tenía veintitrés años y que me licenciaba en Medicina y nos íbamos a celebrarlo por todo lo alto, como se celebran las cosas que son realmente importantes. Al día siguiente, cuando se despertó, llegó la pediatra con la buena noticia. Lo había logrado, había sobrevivido gracias a esos profesionales que me habían mimado y cuidado con tanto esmero y dedicación.

—¡Entonces será médica! —exclamó mi madre con una luz en el rostro coloreada por el sol que entraba valiente por la ventana.

Mi madre, que no sabía si estaba despierta o dormida, lo dijo en ese lapsus mental que ofrece el recién despertar.

—Me parece estupendo —sonrió la médica, confusa—, pero aún queda mucho para eso. Ahora toca disfrutar, es importante el contacto piel con piel. Enhorabuena, ha sido duro, le recomiendo que descanse todo lo que pueda.

No fui médica ni nada por el estilo, a pesar del empeño de mamá en que estudiara ciencias, algo en lo que siempre fui una negada. A veces hay quien desea oficios o profesiones para sus hijos para enmascarar sus propias frustraciones o para imaginar un futuro mejor que el suyo propio. Por su parte, mi madre aseguraba que lo había soñado, como si eso tuviera más valor que la vida real, como si se hubiera quedado atrapada de alguna manera en ese sueño.

—«La vida es sueño y los sueños, sueños son» —decía yo para validar mi argumento.

Aquel día de mayo, al fin salí de la caja y todos pudieron mecerme en sus brazos y besarme y acariciarme y pasarme de unos a otros para hacerme todas esas carantoñas que se le hacen a alguien con poca capacidad para entenderlo. Me envolvieron en una mantita blanca, recogieron las flores que aún no se habían marchitado y los patucos de la abuela y nos fuimos a casa, donde mi madre no sabía muy bien qué hacer conmigo ni con ese miedo que se le había quedado pegado en el cuerpo por estar tan cerca de perderme. Mi abuela la fue guiando en el arduo trabajo invisible de los cuidados, le enseñó trucos que ella había heredado de su propia madre y que esta, a su vez, heredó de la suya, y así hasta la primera de las existencias humanas. Mamá tenía miedo de que yo me rompiera, algo que la acompañó durante bastante tiempo; el temor a la pérdida se le metió en los huesos como la humedad invernal. Y ahora había vuelto ese miedo que creía ya olvidado, como esas muñecas que duermen bajo el polvo en el desván.

El silbido de la tetera sonó estruendoso y estridente, como una locomotora de tren, y Coco salió asustado de la cocina sin mirar atrás, soltando un trozo de pollo que mi madre había dejado caer.

Cuando mamá se marchó, fui consciente de que todo lo que tenía, por poco que fuera, podría ir perdiéndose para siempre. Así que decidí abandonar la cueva y salir a la calle para impregnarme de todas las maravillas del mundo exterior. Los coches ruidosos no me molestaron tanto como otras veces; la gente apresurada que llegaba tarde a sus respectivos trabajos, me transmitieron ternura y me recordaron que no hacía tanto yo era una de ellas; la caca de pájaro que me cayó en el hombro no me pareció patética, sino una clara señal de que tenía que jugar a la lotería esa misma semana. Decidí que todo lo que me rodeaba era agradable e increíblemente impresionante, con colores vistosos, olores intensos nunca antes explorados, porque no sabía durante cuánto tiempo seguiría formando parte de mi vida, así que lo devoré como esas últimas gotas de helado de chocolate que quedan en el fondo del cucurucho. Los árboles, los tejados, las marquesinas resplandecían como nunca; los sonidos eran nítidos y percibí cosas que hasta ese momento me habían resultado insignificantes. Fruto del estado radiante en el que me encontraba, como si hubiera tomado LSD o similar, decidí entrar en una peluquería y hacerme un corte de pelo atrevido, teñirme las puntas de color fucsia y ponerme unas uñas a lo Rosalía. (*Spoiler*: solo aguanté unas horas con esas uñas, pero fue divertido mientras duró). Después de todo, y aunque la enfermedad quisiera devorarme, estaba viva y solo contaba con el presente, el resto era tan solo una ilusión o una prolongación del tiempo de descuento que pudiera quedarme.

Con mi nuevo look me sentí poderosa y bella, así que me

metí en unas cuantas tiendas y compré ropa que muy previsiblemente no volvería a ponerme cuando se me pasara ese subidón transitorio. Pero ese día sí, ese día estaba dispuesta a ser quien me apeteciera, sin normas ni convenciones sociales. Entré en el primer bar que encontré y me senté en la barra al lado de un jubilado que llevaba una gorra verde, propaganda de una caja rural. Me miró extrañado, como suelen mirar algunos hombres de cierta edad a algunas mujeres jóvenes que deciden sentarse solas igual que ellos hacen. Pedí un gin-tonic en copa de balón.

—Hola, ¿qué tal? —Alcé mi copa—. ¿Brindamos?

5

Una mano amiga

De pequeña tuve la ventaja y el inconveniente de ser hija única. No me faltaba de nada, pero sí alguien con quien compartir todo lo que tenía. Supongo que de ahí nació mi extraña costumbre de hablar sola. Lo hacía con amigos imaginarios, con juguetes que adquirían vida propia como en *Toy Story*. Incluso me dio por inventar un idioma que solo entendíamos nosotros y que consistía en decir la primera sílaba de cada palabra.

—*Mon en el co.*—Que era lo mismo que «móntate en el coche».

—*Da el li.*—Que era lo mismo que «dame el libro».

Tenía esos amigos imaginarios y muchas veces eran mejores que los reales, porque aparecían cuando tú los llamabas y se marchaban cuando se ponían pesados como una mala digestión.

Cuando mi padre se fue con «los otros» (así llamaba yo a su otra familia), tuve la decencia y la gratitud de compartir con mi madre mi dialecto inventado, supongo que con la intención de que ella tampoco se sintiera tan sola. Después, cuando vino la abuela a casa a pasar un tiempo con nosotras, hice lo mismo, pero a ella no le hacía tanta gracia y se liaba cada vez que la invitaba a mi juego.

—*Me tie has el mo* —me decía. Que es lo mismo que «me tienes hasta el moño».

Más tarde, a los quince años, con la pubertad en auge, dejé de lado mi lengua inventada para adoptar el madrileño castizo, y «mazo», «mola» y «flipa» se convirtieron en mis palabras más usadas junto con «pibe», «pavo» y «piti». Había que aparentar, adoptar la pose camaleónica, formar parte del ganado juvenil con acné y las hormonas disparadas.

Mis inseguridades me impedían ser yo misma más allá de mi compadreo con seres imaginarios, pero solo deseaba ser incluida en la tribu, como los demás. Ya fuese mi relación real o ficticia, a veces se me escapaba mi antiguo argot y creaba una mezcolanza de frases algo incomprensibles que provocaban la risotada de quien me acompañaba.

—*Da el piti, co.* —Que era lo mismo que «dame el piti, colega».

Elia fue mi única amiga en la infancia; mi única amiga real, quiero decir. Las mudanzas constantes de mi madre como consecuencia de su trabajo de profesora interina nos impedían tener una continuidad con las personas o las cosas. Elia y yo éramos amigas desde tiempos inmemoriales. Fuimos juntas a primero de EGB. Yo llegué unos días después de que empezaran las clases, mi madre estaba en plena mudanza y fue un auténtico jaleo. Ese primer día, cuando entré por la puerta, los ojos de los demás se posaron en mí desde sus pupitres. Por primera vez en mi vida me sentí un bicho raro, una extranjera. Me sentaron en la última fila, en el único hueco que quedaba libre. Los ojos de los demás no se despegaron de mí en toda la mañana y los cuchicheos no cesaron. Después le tocó a Carlitos, al que perseguían por «gordo», y luego a Mariví, a la que perseguían por «cuatro ojos».

En el recreo se saltaba a la comba o se intercambiaban cromos. Como yo al principio no tenía ninguno, intenté jugar a saltar a la cuerda, aunque no era muy ducha en la materia, pero era necesario intervenir de alguna manera si no quería quedarme sola en un rincón del patio.

Una, dola, tela, catola, quila, quilete,
estaba la reina en su gabinete.
Vino Gil, apagó el candil, candil, candilón,
cuenta las veinte, que las veinte son.
Una, dos, tres, cuatro...

Parecía imposible encontrar el momento para entrar a saltar, porque la mayor parte de las veces me llevaba un revés de fuego con la cuerda en la cara. Aun así lo intentaba, quería demostrar mi valentía para integrarme en el grupo. Tocaba ganarse el puesto aunque hubiera que jugarse el tipo. Las voces cantaban sin parar y yo seguía sin entrar a saltar. Elia me ayudaba y, si le tocaba a ella llevar la comba, lo hacía con más lentitud para que me diera tiempo a meterme sin llevarme un latigazo. Ese gesto me pareció una invitación para hacerme su amiga.

Los primeros días de clase, mi madre aún no me había podido comprar los libros de texto y Elia compartió los suyos conmigo, haciendo coincidir el lomo con la línea que separaba nuestros pupitres. Sus libros olían a nuevo y estaban protegidos con un forro transparente. Era muy ordenada y aplicada, e iba subrayando lo que creía conveniente o lo que iba diciendo la profe doña Carmen. A mí, sin embargo, se me escapaba a menudo la atención por la ventana y me costaba horrores traerla de vuelta. Normalmente regresaba tras el grito de la profesora: «¡Salma Plaza, atenta!». O cuando Elia carraspeaba porque se estaba diciendo algo que previsiblemente caería en el examen sorpresa. En ese pupitre se dieron las condiciones oportunas para forjar el inicio de una amistad que dura hasta hoy. Cuando mi familia empezó a deshacerse como la Jenga cuando cae, ella y yo nos convertimos en algo parecido a hermanas, y lo nuestro fue una de esas familias elegidas, vínculos que van más allá de la consanguinidad. Su padre se había fugado siendo ella una cría de meses, así que me entendía en eso de sentirse desprotegida. Los fracasos familiares nos unieron y nos ayudaron a crear una bonita amistad ajena a todas esas cosas aburridas y dolorosas que contaban los mayores.

Intercambiamos nuestras gomas del pelo en señal de confianza y lealtad. Estaríamos juntas eternamente, nada podría separarnos ya, y ese gesto me dio la tranquilidad y la seguridad que necesitaba para constatar que esa amistad resistiría el paso del tiempo. Cada día nos escribíamos cartas en esas hojas perfumadas con sus sobres a juego, decoradas con corazones o flores o elefantes, que nos intercambiábamos en el recreo. Nos veíamos a diario, pero como en clase no se podía hablar —doña Carmen era muy tajante al respecto—, nos contábamos todo en esas hojas que escribíamos a hurtadillas cuando hacíamos los deberes en casa y al día siguiente nos las entregábamos en el recreo.

El primer verano que nos separamos se me hizo eterno. Mientras mojaba una galleta maría en el Colacao, con los dibujos de Heidi de fondo, suspiraba pensando en su pelo rojizo y su cara de piel de melocotón. Mojaba mis galletas en el líquido grumoso y soñaba con que llegara el primer día de colegio solo para encontrarme con ella. Entonces mi madre trabajaba mucho y tenía poco tiempo para estar conmigo, y la abuela hacía las veces de madre y me llevaba a la Casa de Campo de Madrid a buscar piñones. Los recolectábamos y los llevábamos en una cestita de mimbre, y ella siempre decía que los piñones eran el caviar de los pobres. Lo afirmaba muy convencida, así que decidí creerla, quién era yo para llevar la contraria a una adulta. Yo no sabía lo que era el caviar, pero sí sabía lo que eran los pobres porque mamá me lo explicó un día: nosotras no éramos pobres, lo que se dice pobres, como los que viven debajo de un puente, pero tampoco éramos ricas. Eso nos dejaba en una especie de limbo que no entendía muy bien qué consecuencias tenía para nosotras ni qué significado guardaba, pero supongo que no era malo del todo si no vivíamos debajo de un puente pasando frío o calor y con ladrones acechando.

Salir a buscar piñones era una auténtica delicia, casi parecido a intercambiar cartas olorosas con Elia. «A falta de pan, buenas son tortas», que decía la abuela. De lejos se veían los animales del zoo tras una gran valla, pero estaban enjaulados, solitarios, algo que no me convenció demasiado.

—Abuela, ¿por qué están encerrados? —le preguntaba (y me sigo preguntando más de veinte años después).

—Ay, alhaja, porque son salvajes. No pueden estar sueltos, podrían atacarnos —me decía con una paciencia y una ternura infinitas sin dejar de buscar piñas que dieran buenos piñones, muy concentrada en la tarea.

—Pero yo vi en la tele que un señor les disparaba, a lo mejor es que tienen miedo de nosotros —insistí.

—Puede ser, pequeña, puede ser, no te digo yo que no. ¡Mira esa piña qué buena es, vamos a cogerla! —exclamó señalando a la vera de un pino.

Lo cierto es que no me parecía a mí que ni los conejos del desierto, ni las ardillas o los monos tuvieran pinta de querer atacarnos, pero qué sabría yo si solo era una niña. Los veía más bien amigables, como en *El libro de la selva*, seres entrañables con los que confraternizar y cantar canciones: «Hakuna Matata, vive y sé feliz». Nosotras seguimos a lo nuestro, recogiendo piñones, olvidándonos por un momento de los leones enjaulados, y yo, por mi parte, dejando pasar el tiempo hasta septiembre, para volver cuanto antes a las incómodas y rígidas sillas verdes del cole y estar cerca de Elia. Después del paseo con la abuela tocaban los cuadernillos Rubio y las vacaciones Santillana.

—Si no, no hay juego ni tele —se imponía mi abuela—. Es el trato.

Elia tenía el pelo rojizo y ondulado como las ascuas de la candela. Y los ojos verde claro, color helecho. Las pecas cubrían su rostro igual que las estrellas serpentean en la Vía Láctea. Y las venas recorrían su tez clara como ríos en un mapa topográfico de Conocimiento del Medio, que era la asignatura en la que estudiábamos esas cosas. Su cuerpo era fino y esbelto, como de espiga, pero fuerte y atlético.

Se había hecho sindicalista, llevaba años luchando por los derechos sociales de las minorías y siempre estaba preocupada por ese tema, al pie del cañón con algún juicio social pendiente y alguna causa justa que defender. Hacía gala de su lesbianismo; cuando tenía que definirse, decía que era «bollera y feminista», por ese orden. Le gustaban las mujeres desde que tenía uso de razón, y así me lo hizo saber: «Estoy por Eva», me dijo en la preadolescencia. Yo no sabía qué era eso de «estar por alguien» pero, viniendo de ella, me imaginé que sería algo positivo, agradable, una muestra de afecto, algo así como ser amigas o hermanas. Esa misma noche le dije a mi madre que estaba por ella y le di un beso en la mejilla.

—Pero ¿tú sabes lo que significa eso, hija? —me preguntó extrañada.

—No... —le respondí, inocente.

—Eso es cuando quieres a alguien, pero de una manera más... más romántica —me desveló.

—Más romántica ¿cómo?

—Pues... como papá y yo cuando eras pequeña.

—Arg, qué asco, mamá —protesté.

No me creí que mamá y papá se quisieran mucho, ni siquiera lo suficiente, porque si no habrían seguido juntos, así que estar por alguien tampoco era un hecho insólito y me defraudó un poco saberlo. Más tarde, cuando me encontré a Elia en clase, le dije que yo no estaba por nadie y que eso me parecía una auténtica pérdida de tiempo, que yo prefería saltar a la comba o intercambiar cromos en el recreo con los demás. Elia se encogió de hombros, como si no entendiera nada, pero respetó mi decisión.

Había quedado con Elia en La Rayuela, un local regentado por dos hermanas, Amparo y Yoli. En nuestra mesita de siempre, al fondo a la derecha, teníamos un espacio para compartir confesiones, ilusiones, proyectos, desengaños y risas. Ese día en concreto tocaba compartir una noticia dura, que se pasaría mejor tomando unas copas. Sobre la mesita reposaban la carta de precios manoseada y grasienta, servilletas de colores y pajitas de plástico en un cubilete negro.

—Cuéntame, tía, que me tienes en ascuas —me apremió antes de sorber la pajita de su mojito.

—Pues a ver... —No supe muy bien cómo empezar la frase y mi atención se fue hacia su vaso y el azúcar moreno que decoraba el borde como arena de mar en la orilla.

—Venga, dispara —insistió—. Llevas días desaparecida, así que supongo que no es una buena noticia, ¿qué te pasa? —Acercó su mano a la mía y me la sujetó con firmeza y cariño.

—Estuve en urgencias, me hicieron unas pruebas, lo que fue un rollo porque me tiré un día entero entre unas cosas y otras. No veas qué jaleo tienen en el hospital, no dan abasto... Y después he estado descansando en casa y haciéndome a la idea...

—¿A la idea de qué, cari?

—Pues de que tengo esclerosis múltiple —solté al fin.

Su expresión cambió. De pronto empalideció. Su rostro, siempre sonriente, se ensombreció, tornó a gris piedra, como las nubes que anuncian una tormenta eléctrica. Ahora era ella quien miraba el vaso buscando respuestas en el fondo.

—No pasa nada, no te preocupes. Está todo controlado. —Forcé una sonrisa, que no debió de ser muy convincente.

—Pero me suena que eso es grave, ¿no? —preguntó mientras estrujaba una servilleta entre los dedos, nerviosa—. ¿Eso es lo del Stephen Hawking ese, el de los agujeros negros?

—No, eso es ELA, en realidad no se parecen en nada. Lo mío es una enfermedad grave, crónica, sin cura, pero el pronóstico es bueno, hay muchos tratamientos y parece que me lo han pillado a tiempo. Solo tengo que cuidarme un poco más y ya está, lo normal —solté de carrerilla, casi sin aliento, como quien intenta vender un producto que sabe que costará encasquetar.

Elia me agarró la mano con más fuerza, pero también con más ternura, y sentí compasión en cada poro de su piel que rozaba la mía. El silencio fue el protagonista durante unos segundos, los necesarios para comprender la magnitud del problema. Elia era una amiga de verdad, porque no importaban los silencios, no había que enmascararlos con frases vacías que hablaban del tiempo o de cosas banales.

Di un trago a mi cerveza tostada para pasar el trance más rápido como si así se suavizara el impacto. Ella seguía sin despegar los ojos del vaso y entonces fui yo quien apretó su mano con mi mano izquierda, la buena, en un gesto que decía que no pasaba nada, que saldríamos de esa.

—Venga, Salma, conmigo no tienes que hacerte la valiente, sabes que puedes ser tú misma —me dijo con esa voz sanadora propia de las mejores amigas—. ¿Lo sabes, no?

—Sí, claro que lo sé. —Miré a las camareras en la barra mezclando cócteles con un ritmo frenético. Volví la vista hacia Elia—. La verdad es que estoy cagada, tía —dije desinflándome como un globo pinchado, pero aliviada al fin.

—Bueno, tú puedes con esto y mucho más, Salma, y no tengo ni que decirte que yo voy a estar ahí —dijo abriendo sus ojos fijos sobre los míos.

No, no hacía falta que me lo dijera, pero se agradecía escucharlo. Le di un abrazo y me quedé ahí durante un buen rato, no quería despegarme de ella, sentía que al hacerlo podía romperse algo o romperme yo aún más, como una ramita de sauce tras una ventisca inesperada. Su olor a colonia fresca me reconfortaba, me daba calma y serenidad, pero también me aportaba la fuerza que necesitaba. Era maravilloso refugiarse en un aroma tan familiar, en ese misterioso universo de azahar y almendras. Su piel suave y agradable al tacto era como una prolongación de la mía, y así deben ser los roces con las personas que amamos, una continuidad de nuestra existencia, donde no existen los bordes propios y los ajenos.

—Ponme otro, Yoli —pidió Elia levantando su vaso pero sin despegar sus ojos de mí.

Yoli asintió desde la barra y comenzó a preparar el mojito con su hierbabuena, su ron, su azúcar moreno y su lima, y bien cargado de hielo, tal y como a Elia le gustaba. Azúcar moreno en el borde, bien pegadita, como la arena de la playa apelmazada en los dedos de los pies. Mientras, nos quedamos en la mesa sin decir nada, sin rellenar los silencios. No hacía falta hablar porque es lo que ocurre cuando dos personas se conocen tanto: sobran las palabras, no es necesario forzar la conversación hacia ninguna parte.

—Uy, parece que ha pasado un ángel por aquí —dijo Amparo cuando trajo el mojito con soltura y elegancia.

Nos reímos con ese tipo de risa cómplice que usamos cuando queremos pasar desapercibidas. Tenía razón, nos habíamos quedado calladas y no era ningún secreto que también estábamos tristes. Elia estaba digiriendo la noticia, y los mojitos la ayudaban. Yo ya llevaba unos días haciéndome a la idea, poco a poco, cada hora que pasaba más cerca de la aceptación, aunque todavía quedaba camino por recorrer.

Aún había demasiadas preguntas que me despertaban sobresaltada en mitad de la noche, como un gato que chilla en mitad de la penumbra nocturna. Muchas dudas y miedos que me asaltaban en la oscuridad y el silencio del dormitorio. Por suerte, Coco me hacía compañía y me lamía los dedos gordos de los pies haciéndolo todo algo más llevadero.

Si bien en aquellos días había recuperado bastante el tacto en la mano derecha, me inquietaba que no volviera a ser como antes. La mano era gelatinosa y como de corcho mojado. Además tenía sensaciones extrañas y desconocidas, de repente sentía descargas eléctricas a lo largo del brazo, que eran muy molestas e incómodas y me recordaban de continuo que me había convertido era una persona enferma. Sobre todo aparecían cuando me ponía nerviosa, me cansaba más de lo normal o hacía más esfuerzos de la cuenta. En la próxima cita con la neuróloga le preguntaría por todos estos síntomas, si eran normales o no y si había alguna medicación que los calmara.

Pero para eso faltaban tres meses, durante los cuales llamaría insistentemente al hospital y mandaría emails para buscar una respuesta que me tranquilizara o me devolviera a mi antiguo yo. Pensarían de mí que era una acosadora, y no les faltaba razón. No les culpo si me metieron en la carpeta de correo no deseado o bloquearon mi número de teléfono. Supongo que era necesario transitar ese camino minado de dudas y hacerlo yo sola con la mejor de las armaduras. No fue fácil, pero era la única manera de aprender a vivir con la incertidumbre y los días caóticos como calcetines desemparejados. De momento tocaba esperar, hasta que en el hospital tuvieran el primer hueco libre para valorarme. Sin embargo, esos meses que vendrían se me antojaron una eternidad, como aquel verano esperando la vuelta al cole para ver a Elia.

—Venga, tía, que tú puedes, recuerda que eres una luchadora nata. Eres luz —zanjó Elia el día que le di la noticia, mientras me acariciaba el pelo zarandeándolo hacia un lado y otro.

No tenía muy claro que yo fuera luz ni nada por el estilo, pero si ella lo decía sería por algo. Nunca supe a qué se refería con eso porque, por mucho que mirara, mis brazos no me parecían los de un gusiluz. Eran los míos, los de siempre, exactamente eso, blandengues y blanquecinos, pero no tan deslumbrantes como Elia parecía ver. Supongo que nunca somos lo que ve quien nos quiere.

—¿Tú te acuerdas de cuando me torcí el tobillo y no pude terminar la final de atletismo? ¿Que tú estabas ahí, a mi lado, y me ayudaste a levantarme? Pues eso mismo es lo que va a pasar ahora.

Elia se refería al campeonato de atletismo de quinto de EGB. Competíamos niñas de distintos colegios y ella era una de las favoritas. Ese día llevábamos pantalones cortos y camiseta de tirantes fina, y una cinta en el pelo para sujetar el flequillo. Estábamos nerviosas, aunque yo no me jugaba nada, pero sí mi mejor amiga. Empezó la carrera y todo indicaba que iba a ganar, estaba en la recta final cuando, ¡zas!, se torció el tobillo antes de llegar a la meta. Se escucharon los quejidos de descontento de su madre y de la mía. Ella se quedó paralizada en el suelo, hasta que yo me acerqué y la ayudé a levantarse. Ese día ninguna de las dos ganó nada, pero aprendimos la importancia de tener una amiga que te tiende la mano en los momentos cruciales. Después Elia se recuperó y ganó el campeonato en sexto curso consiguiendo su mejor marca. Yo sentía que mi carrera ahora estaba llena de obstáculos y tenía miedo, por qué no decirlo, un miedo inmenso que me paralizaba y me quitaba el sueño; por suerte, mi amiga me estaba tendiendo la mano.

De fondo se oía la máquina de café echando vapor como un tren a punto de arrancar y el sonido de vasos chocando, la tragaperras con alguien jugándose unos euros, el taco golpeando la bola en la mesa de billar que ocupaba el centro del bar… la bola blanca entrando en el agujero, dándole la oportunidad a la otra jugadora.

—Bueno, me vas a querer igual, ¿no? Aunque me quede manca o coja —bromeé.

—Por decir esa tontería pagas tú la siguiente ronda. Por lista —respondió entre el enfado y la risa.

Bebimos y nos acompañamos entre risas y llantos hasta que cerraron el bar, fuimos las últimas en salir junto a las camareras. En la calle ya solo quedaban los borrachos, los gatos callejeros, los trabajadores nocturnos… y nosotras, con esas copas de más que nos ayudarían, al menos esa noche, a conciliar el sueño.

6

El pícnic

Era un día de sol aplastante, de esos de julio intenso. Nos resguardábamos debajo de unos pinos para huir del calor sofocante. Las chicharras gritaban en sus coros chillones. La mantita de pícnic a cuadros, los refrescos, la sandía, la ensaladilla rusa, los pepinillos y las banderillas decoraban el suelo y nos sentamos alrededor. Papá descorchaba la botella de vino y reía a sonoras carcajadas que tapaban a ratos a las propias chicharras. Las migas de pan adornaban el mantel y las hormigas llevaban en procesión su botín. Las moscas merodeaban sobre la ensaladilla e intentábamos espantarlas a manotazo limpio, aunque siempre volvían. Me cantaban el *Cumpleaños feliz*. Cumplía cinco años y era todo lo feliz que se puede ser con cinco años. Papá, mamá y yo, toda la satisfacción del mundo, todo el amor posible era mío. La plenitud era eso. Pero vinieron las discusiones, los gritos, los reproches y las camas separadas. Después papá conoció a la francesa, Carla, y se fue con ella a París. Al año, ya tenían su primer hijo. Sin él, la abuela, mamá y yo formamos otra familia, en la que nunca faltó de nada. Repudié a papá y lo que representaba, su ausencia, la falta de tacto y de cuidados, su frialdad y su distancia. Mamá sí pudo perdonarlo, vete a saber por qué. Creo que la libertad mental de mi madre le facilitó pasar página, algo de lo que yo carecía. La abuela y yo estábamos unidas en esto, éramos cómplices en esa guerra fría emocional contra el patriarca de la familia.

Al final, la abuela, mamá y yo nos convertimos en una familia matriarcal bien consolidada, con los cimientos sólidos y el cuidado por bandera. Sabíamos que nuestra fidelidad era irrompible, duradera, compacta, por muchos tsunamis que vinieran a complicarnos la existencia. La solidez de nuestra relación era la de una fortaleza indestructible, una construcción fruto de las circunstancias vitales, las carencias, la necesidad y los miedos. Mi abuela había enviudado muy pronto, yo no llegué a conocer a mi abuelo, el zapatero, un buen hombre al que por desgracia le gustaba el vino en grandes cantidades.

Por otro lado, me decían que me parecía demasiado a mi padre. Por lo visto, los dos éramos orgullosos y al mismo tiempo apasionados, pero yo no aceptaba esa comparación. Mi padre era una figura ausente, no podía haber una conexión real entre nosotros ni una transmisión de caracteres porque yo sabía poco o nada de él. Lo que me contaba mi madre, de vez en cuando, era que le iba bien en el trabajo, que manejaba pasta y que sus hijos estudiaban en un colegio de pago, todo lo contrario de lo que fue nuestra vida aquí sin él. Poco más, porque yo enseguida cortaba a mi madre, como no queriendo saber, y cambiaba de tema. No entendía tampoco ese buen rollo que había entre mi madre y él, si él nos había abandonado. A veces me enfadaba por eso y le reprochaba que conservaran la amistad pese a todo. Yo renegaba de ese parecido con mi padre, me incomodaba, por eso mi madre me lo sacaba cuando quería incordiarme. Sin embargo, algo de verdad habría, porque si ella lo veía es que existía. Algo en la relación entre ellos dos se me escapaba, y no podía comprender que mi madre le hubiese perdonado como si nada hubiera ocurrido. ¿Acaso la pensión que nos había pasado era suficiente para pagar ese abandono? Esas preguntas nacían de mi reproche y enfado infinito hacia él.

En cierto modo, admiraba que mi madre le hubiese perdonado, y ojalá yo me pareciese más a ella y así poder pasar página, quitarme el lastre y vivir sin rencor. Quizá mi madre fuera una persona tremendamente inteligente y bondadosa y por eso había decidido perdonar y seguir adelante. El resentimiento o el odio llevan al lado oscuro, pero además van pudriendo las tripas de quien lo alberga, no es más que un sentimiento estúpido, inútil, vano. Pero yo, por más que lo intentaba, no era capaz de ser como ella. A lo mejor tenía razón y me parecía más a él de lo que estaba dispuesta a admitir. En cuanto a lo de ser orgullosos y apasionados, no sabría decir, no sentía que encajase en esa descripción, pero sí teníamos cosas en común. Por ejemplo, a mi padre le gustaban los deportes acuáticos, igual que a mí, y compartíamos ideales políticos que nos situaban en el progresismo y el respeto por los derechos humanos. Nuestros valores eran similares, aunque yo pensaba que él era un teórico al que le faltaba un poco de práctica. También compartíamos gestos, tics nerviosos y el sarcasmo como mecanismo de defensa. Eso era lo que me contaba mi madre, y yo no podía hacer otra cosa que creerla.

A raíz de que mi madre decidiera contarle a mi padre lo de mi enfermedad, esos pensamientos acaparaban mi mente más que antes. Fue en medio de uno de esos pensamientos, unos días después del diagnóstico, cuando sonó el timbre, pero yo no esperaba a nadie. Mientras caminaba hacia la puerta pensé que tal vez fuera mi madre. Hacía un rato que me había llamado por teléfono para preguntarme si necesitaba algo. Le dije que nada y que me las apañaba sola, pero ella insistía en visitarme varias tardes a la semana, algo que en el fondo agradecía y me ayudaba a sobrellevarlo.

Antes de abrir, eché un vistazo por la mirilla, tengo esa costumbre de no fiarme demasiado, manías de ser mujer y vivir sola, supongo. Al otro lado de la puerta, efectivamente, vi a mamá. Y detrás de ella, como agazapado, cabizbajo y avergonzado, estaba él. Mi padre.

—Abre, hija, soy yo —dijo mi madre.

Me dio un vuelco el corazón y me llevé las manos a la cabeza. «Pero ¿qué hace este aquí?». Se les veía sonrientes, como si tal cosa. Mi primera reacción fue no abrir, no estaba preparada para esa visita, bastante tenía yo con la enfermedad como para ahora enfrentarme a eso. Volvió a sonar el timbre. Coco ladró a mi lado esperando a que abriera y emitió un quejido, ese sollozo que hacía cuando mamá o alguien conocido venía a casa. Mi propio perro delatándome, para lo que habíamos quedado...

—Salma, abre, soy yo —repitió mi madre.

No podía hacerles esperar más, sabían que estaba dentro, no solo por el ladrido del perro, sino porque le había contado a mi madre apenas media hora antes que iba a pasar el día en casa poniendo en orden algunas cosas. Sin embargo, me resistía a dejar entrar a alguien que se había ido hacía tanto tiempo de mi vida. Abrí sin ganas, a regañadientes, muy despacio.

Me encontré al otro lado dos sonrisas congeladas, esperando una respuesta por mi parte. Coco se subió por las piernas de mamá, pero rehuyó a mi padre, ese señor al que no conocía. Me atrevería a decir que yo tampoco.

Recordé la última vez que habíamos estado los tres juntos. Fue en una cena en casa de mamá y él llevó un vino bueno para poner fin a una etapa, la que compartió con nosotras en España. Aquella noche fingían que no pasaba nada, reían a carcajadas, forzadas, me atrevería a decir. Con el tiempo pensé que quizá su intención era construir una escena perfecta para contentarme, para que no saltara todo por los aires. Esa familia se había ido a pique y ellos actuaban como si nada. Hacían las típicas bromas de siempre, que solo ellos entendían por la complicidad que compartían. Yo en realidad no me enteré de nada de lo que estaba pasando, seguramente lo dulcificarían o inventarían algo para hacerlo más sencillo para mí.

Durante aquella cena, mi padre prometió que vendría a vernos a menudo, algo que no ocurrió. Las promesas se las lleva el viento, y las circunstancias las ponen en evidencia cuando el tiempo transcurre. Quizá sí creía en sus palabras cuando las dijo, su intención era vernos, mantener la relación con sus dos familias. Luego llegaron sus nuevos hijos y las cosas se torcieron, que es lo que suele pasar cuando se es adulto.

Más de dos décadas después, mi padre reaparecía para ejercer de padre. Estaba muy cambiado, el paso del tiempo había hecho mella en él. Era visiblemente más mayor, se le notaba en las entradas y las canas, en las arrugas de la frente y los ojos, también sobre los labios, formando unas líneas como la arcilla de mis cuencos cuando se reseca por falta de humedad. Su voz era más madura, más cascada, con un tonillo francés finolis que le daba un toque humorístico. Vestía jovial, supongo que el hecho de que su mujer fuera casi veinte años más joven que él también influía en que intentara parecerlo.

Opté por fingir mi disgusto, algo que solía hacer, especialmente cuando se trataba de evitar conflictos. Miré de reojo a mamá sin ocultar mi enfado por haberme traicionado. Se suponía que ella tenía que estar de mi parte y protegerme, no traerme a casa el pasado, tan lejano de mi realidad actual.

Aturdida, fui hacia la cocina a preparar café, porque ante todo estaban la amabilidad y los buenos modales, como me había enseñado la abuela. Mamá me siguió y él se quedó en el salón. Coco nos acompañó buscando las caricias y la atención de mi madre, lamiendo sus piernas y dando saltitos alrededor de ella.

—Hija, yo no sabía que se iba a plantar aquí —me susurró.

—Pues era una posibilidad después de contarle lo mío, ¿no crees?

—Bueno, tampoco te pongas así. Ha venido con toda su buena intención, quiere recuperar la relación contigo. Está preocupado por ti, es lo normal, es tu padre.

—Gracias por la aclaración sobre el árbol genealógico, pero para ser un padre hace falta algo más que la genética —protesté con sarcasmo.

Mi padre tosió, quizá para cortar por lo sano nuestra conversación, que muy probablemente estaría escuchando si conservaba el oído. Es lo que tienen los pisos pequeños: la intimidad brilla por su ausencia y los secretos también. Serví el humeante café en tazas, que acompañé con unas pastitas de té. Mi madre me ayudó a llevar las tazas al salón, cosa que agradecí porque, aunque había mejorado, aún no me apañaba del todo con la mano. Temblorosa, más por los nervios que por la enfermedad, casi dejé caer la taza, derramando unas gotas sobre el suelo que Coco limpió de inmediato a lengüetazo limpio. «Para qué quieres fregona si tienes un perrete que puede hacer ese trabajo». Los ojos de mi padre se clavaron en mis manos, con un semblante que bien podría ser de preocupación, pero qué sabría yo, si ya no conocía sus gestos, ni sus pensamientos ni sus intenciones. Tras tantos años de ausencia, para mí era un completo extraño plantado en medio de mi salón, un extranjero que había llegado de muy lejos a visitarme. Unos calambres se extendieron desde mi mano derecha hasta mi hombro, igual que una descarga eléctrica. Me asusté y ellos lo notaron, pero no pude esconderlo.

—Salma, ¿qué te pasa? ¿Estás bien? —dijo mi madre.

Yo me aferraba a mi brazo. Mi padre dio un paso adelante como queriendo acercarse a mí, pero se detuvo en seco, consciente de que debía medir sus movimientos.

—Nada, estoy bien, solo ha sido un pequeño calambre —expliqué, notando que me bajaba la sangre del rostro—. Aunque creo que es mejor que os marchéis, necesito descansar un poco...

—Vale, vale. Pues nos vamos y te dejamos tranquila —se apresuró a decir mi madre, nerviosa al ver que la visita de mi padre me había alterado—. Pero avísame si necesitas algo.

—Te dejo esto aquí —dijo la voz afrancesada de mi padre mientras depositaba sobre la mesa una caja de *macarons*.

Yo me fijé en los dulces de colores, sorprendida.

—Es un detalle sin importancia —aclaró.

—Gracias —respondí escuetamente, y miré a mi madre—: Mamá, no te preocupes, si necesito algo te llamo, ya lo sabes.

Desaparecieron por la puerta y comencé a sentirme mejor, las descargas se marcharon con ellos, pero me sobrevino una fatiga inmensa que me atrapó y me llevó hacia un sueño muy profundo, de esos de las tardes de verano después de una comilona, cuando toda la ciudad duerme.

Tras la siesta reparadora, le mandé un wasap a Elia para quedar. Necesitaba contarle la visita sorpresa de mi padre, desahogarme.

—Es que no entiendo que aparezca ahora después de tanto tiempo, no tiene ningún sentido, y que mi madre se presente con él como si tal cosa. ¿A qué viene esto? —dije mostrando mi enfado.

—Pues sí, tía, no te voy a quitar la razón… Quizá esté preocupado o quiera aprovechar para recuperarte como hija, vaya usted a saber… Pero si no te apetece, Salma, no tienes por qué verlo, no te sientas obligada por mucho que haya venido desde Francia a verte.

—No, no lo sé, la verdad es que estoy hecha un lío. Con lo de la enfermedad y los malditos calambres bastante preocupación tengo yo como para ponerme a pensar en él… Pero me enfada, no me lo esperaba, eso es todo.

—Ni tú ni nadie, querida, ni tú ni nadie. Mira, tú lo que tienes que hacer es pensar en ti y en recuperarte, y no darle más vueltas al tema. Haz lo que te apetezca y punto.

—¿Tú qué harías si volviera el tuyo?

—Salir corriendo —dijo riéndose, y se quedó pensativa unos segundos—. No tengo ni idea, cariño, pero creo que haría lo de siempre, lo que me saliera del alma en ese momento, por no decir de otro sitio.

Elia tenía razón, como siempre. Debía hacer lo que me apeteciera, lo que me pidiera el cuerpo. El problema era que no tenía claros mis sentimientos al respecto, quizá aún era demasiado pronto.

7

Las magdalenas

La abuela olía a paella y a suavizante. Sus manos arrugadas cobijaban pliegues infinitos difíciles de definir y contar. Se entrelazaban en el desierto de su palma. Su línea de la vida, así llamaba ella a la que le cruzaba la mano, era larguísima y eso quería decir que iba a vivir muchos años, y a mí eso me aportaba calma y felicidad. La mía también era larga, pero me fijaba más en la suya porque yo no era muy consciente aún del devenir del tiempo. Supongo que cuando eres joven piensas que vas a vivir eternamente, no hay noción del tiempo ni del peligro, eres ajena al riesgo y a la longevidad.

Mi abuela me hablaba de la misa de los domingos, el traje que se ponía tan distinto al mandil de la faena diaria, la medalla de la Virgen de la Caridad colgando de su cuello, que era la Virgen de su pueblo y a la que le hacía promesas porque le pedía favores a cambio. Me hablaba del pan encima de la mesa, cuando lo había, porque « por desgracia no nos sobraba, alhaja». Yo me preguntaba cómo podía venerar tanto a una Virgen que le había dado tantas penurias y quebraderos de cabeza, pero supongo que las creencias siempre son proporcionales a la esperanza que se tiene.

Ese día había ido a verla a la residencia, vivía allí desde que empezó a tener problemas de movilidad. Ni mi madre ni yo teníamos tiempo suficiente para dedicarle y sostenerla, ni para cuidarla como debíamos y como ella necesitaba. Aun así, insistimos en que se quedara en casa, que ya nos apañaríamos, «donde comen dos comen tres», se ha dicho siempre en mi familia, aunque todos se quedaran con un poco de hambre.

—Alhaja, no quiero ser una carga. A mí dejadme en la residencia, que allí estaré muy bien —sentenció con sus ojitos vivos, pero también tristones por lo que suponía una despedida inminente.

En la residencia compartía habitación con la Pepa, que era ciega pero tenía un pico de oro. Te hablaba de todo un poco: del tiempo, de los políticos, de la subida del precio de las sandías, de la carta astral, del apareamiento de los elefantes, de la verbena de su pueblo, de la misa de las ocho, de la Santísima Trinidad, de los cerezos en flor del valle del Jerte en Cáceres y de la pesca del *campanu*, que era el primer salmón de temporada en Asturias. La Pepa era un pozo de sabiduría. Mi abuela la escuchaba y de vez en cuando soltaba un «ay, hija mía, es verdad» o un «tú verás» o un «válgame Dios». La Pepa hablaba y mi abuela sentenciaba o asentía. Ir a verlas era todo un espectáculo y una vuelta a *Al salir de clase* en versión octogenaria. Se contaban sus cotilleos, que si fulanito le había mandado una carta de amor, que si menganito se puso a bailar con Marisol, la del tercero, que si la asistenta «se está entendiendo» con el asistente nuevo... Por cómo actuaban y su vivaz compañía, se diría que por primera vez eran jóvenes y libres, a pesar de ser viejitas y estar en una residencia. Las abuelas parecen a veces muchachas encerradas en cuerpos ancianos, algo así como Brad Pitt en *Benjamin Button*.

Como digo, ese día caluroso y soleado de julio fui a ver a la abuela. La ciudad dormía la siesta tras las persianas bajadas como párpados. En el camino noté que no conducía con naturalidad; la mano aún convaleciente me impedía mover el volante como antaño, pero empezaba a acostumbrarme. Había decidido darle una oportunidad a esa nueva mano, que era parte de una nueva yo tullida. Nos reconciliábamos poco a poco, como esos amantes que discuten y después se besan, pero sin mucha pasión ni convencimiento, tan solo dejándose llevar por la inercia. Sin aspavientos ni sobresaltos, ella y yo nos íbamos conociendo. Rosalía sonaba en la radio entrecortada por la falta de cobertura, la *Despechá* guiaba mi camino.

Al llegar a la residencia, pasé por recepción saludando a todos los abuelos que esperaban la visita prometida de los domingos. Unos con sus bastones, otras con sus audífonos, trataba de imaginármelos de jóvenes en otras escenas, en otros lugares pasados y visitados. El Eusebio bailando un vals con la Lucrecia, bajo un foco de luz y el piano acompañando su compás. Ellos habían sido plenos, ahora tan solo parecían esperar mientras jugaban al dominó, o al tute cantando las cuarenta. Al verme, la abuela abría los brazos como plumas de pavo real, me envolvía y me requetebesaba con esos besos suyos cortitos pero seguidos que daba y que me llenaban la cara de babas. Después me pellizcaba el culo, era su manera de calibrar si había ganado peso o lo había perdido. «Qué hermosa estás», me decía finalmente, lo que significaba que lo había ganado. Sonreía conforme, yo le daba un beso largo de vuelta en su mejilla arrugada, surcada por pliegues infinitos difíciles de descifrar. La habitación doble era angosta, como de residencia de estudiantes antigua, y tenía dos camas iguales con sus colchas iguales y sus cabeceros iguales. Además había dos mesitas de noche, también iguales, y dos mesas más, estas distintas. La imagen se repetía en todas las habitaciones, como pasa en los lugares en los que duermen muchas personas, ya sean hospitales, hoteles o residencias. Una mesa presidía la sala, cubierta por un tapete de ganchillo que había hecho mi abuela tiempo atrás, y sobre el tapete había una televisión pequeña con uno de esos programas de acertijos de palabras que tanto les gustaban a las dos y que las tenían entretenidas e hipnotizadas durante horas.

Al fondo de la habitación, justo debajo de la ventana por donde veían la vida escaparse, tenían una mesa ancha llena de fotografías de ambas. Decían que les hacían compañía, como si los que aparecían en esas imágenes permanecieran ahí con ellas de alguna forma. En un extremo, la boda de mi abuela en un blanco y negro difuminado, los dos con un peinado perfecto, como Bogart y Bergman en *Casablanca*, solo que en Toledo, y ambos con semblante serio. Cualquiera diría que se trataba de un enlace matrimonial. Al lado, mi graduación en Bellas Artes. Una yo más joven, por supuesto sana, aunque eso no se nota en las fotos, con un cutis brillante y terso y una sonrisa que asomaba sin atinar demasiado, de persona tímida. Después, una foto de mi madre en la playa con gafas de sol hippies, de esas que podías abrir el cristal y subirlo hacia arriba, algo que no era nada práctico pero sí muy *cool* en la época. Los dedos de mi madre haciendo la señal de victoria; papá estaría detrás de la cámara, imagino que también gozoso y pleno como el sol que los alumbraba. Al otro extremo de la mesa, una única foto presidiendo la zona de la Pepa, su hijo con uniforme militar del servicio obligatorio, con una seriedad apabullante, una formalidad de una edad distinta a la que le correspondía. Tiempo después murió de tuberculosis, contaba la Pepa, pero prefería no hablar del tema.

—A los muertos es mejor dejarlos donde están y no mentarlos demasiado. —Y entonces agarraba el colgante que llevaba al cuello, en el que tenía una foto de su hijo, esta vez de la comunión, y se lo dirigía a los labios con lentitud hasta que lo besaba con los ojos cerrados, como queriendo absorber un poco de su recuerdo.

—Toma, alhaja, tenemos aquí unas magdalenas que nos han traído las monjas. Cómete una, que están muy jugosas, para chuparse los dedos. —Nada que no pudiera arreglar, de nuevo, la comida.

La abuela demostraba su amor a través de los manjares. Dar de comer a los demás era un gesto de cariño y generosidad. Las magdalenas eran amor, un amor esponjoso y azucarado que se deshacía en la boca, no apto para diabéticos. Yo me dejaba querer, me daba un chute de energía verla, casi mejor que la cortisona que corría por mis venas desde hacía semanas tratando de desinflamar las lesiones que me torpedeaban la mano. Ver a mi abuela era más eficaz que cualquier antidepresivo. La Pepa también insistía en que me comiera una de esas magdalenas tan cotizadas en la residencia. A ellas les habían dado más porque se llevaban muy bien con las monjas. No sé qué líos se traían, pero me comí la magdalena sin rechistar y al traste con la operación biquini un año más. La abuela cogía el matamoscas, perseguía a las que merodeaban sobre las migas que caían y se las cargaba a manotazo limpio. Cuando pillaba alguna, se alegraba como si de una victoria se tratara. «Toma ya, una menos», y se reía con el puño alzado como una forofa del fútbol tras marcar un gol su equipo. La Pepa intuía por el sonido lo ocurrido y miraba hacia donde había tenido lugar la hazaña, y también porque no era la primera mosca que mataba mi abuela. La Pepa era las piernas de mi abuela y mi abuela era los ojos de la Pepa, y así entre las dos hacían una, o eso solían decir entre risas.

—Manolín ha hecho el rosco entero —jaleaba la Pepa con jolgorio desde su silla, en la que tejía una bufanda roja y negra.

—Ha fallado en la quinta letra y luego ha hecho el rosco entero —puntualizaba mi abuela.

—Es que la Goya lo sabe todo, qué suerte que sea tu abuela —señalaba la Pepa mientras tocaba los puntos de lana y los contaba mentalmente.

Mi abuela era Goya en la residencia, pero en realidad se

llamaba Gregoria. Allí la adoraban: «Es muy buena tu abuela», «Qué maja es Goya», «Goya siempre tan prudentita», me decían. Yo ya lo sabía, y sonreía orgullosa mientras empujaba su silla por las zonas comunes. Su silla, que me trasladaba de manera inevitable a la Lola y su bocina, de vuelta al pueblo. Pero las reinas de la pista de la residencia éramos nosotras, indudablemente.

—Mira el rosco, ¿o es que no lo ves? —insistía mi abuela señalando la tele, y de pronto era consciente de su equivocación—. No, claro que no lo ves —decía para sí musitando.

—Pero tengo un aparato muy moderno que se llama oído, ¿sabes? Y te oigo todo de manera meridianamente clara —respondía la Pepa.

Mi abuela me miraba riendo con esa cara que ponía cuando alguien la pillaba en un renuncio, como cuando hacíamos travesuras siendo yo una niña y mi madre nos descubría. Esa misma cara, achicando los ojos y moviendo la cabeza repetidamente con botecitos.

—Alhaja, venga, cómete otra magdalena, que te vas a quedar en los huesos. —La abuela y su incansable obsesión por cebarme. Yo cumplía dando un mordisquito y ella me sonreía aliviada y conforme—. La pena es que no tenemos café para darte, aquí no nos dejan tomarlo porque si no luego no hay quien duerma y montamos la fiesta gorda. —Hacía una leve pausa para tomar aliento—. Bueno, ¿qué, ya te has echado novio? —me soltaba de golpe, como cada vez que iba a verla. Ella no perdía la esperanza, como la que depositaba en su Virgen de la Caridad.

Qué manía con que tengamos novio, y si tenemos novio entonces tenemos que tener hijos, y si tenemos hijos entonces ellos tienen que tener novios e hijos. El círculo de la vida, las preguntas que se repiten una y otra vez, y da igual cuándo leas esto, es el ciclo sin fin que lo envuelve todo... Ya lo decían en *El Rey León*. La abuela dándome el biberón bajo las moreras del barrio de Campamento de Madrid, la abuela tapándome porque hacía frío, y destapándome porque vaya calor, la abuela sujetándome de la mano en mis primeros pasos, la abuela advirtiéndome de que tuviera cuidado que me iba a caer y, si me caía, lo importante que era poner las manos delante...La abuela, siempre la abuela en todos mis recuerdos.

—No, abuela... no he tenido tiempo, he estado muy ocupada —respondía yo para salir del paso, como cada vez que iba a verla.

Estaba claro que me quedaría para vestir santos, como decía ella, y no era algo que me quitara el sueño pero sí me incordiaba, como esas moscas que mataba la abuela. No quería decepcionarla, no quería que mis respuestas fueran insuficientes para ella.

—Ay... Con lo guapa y apañada que tú eres, no te faltarán pretendientes —proseguía, mirando de reojo la tele para no perderse el progreso de su programa favorito.

La verdad es que sí que me faltaban, pero también era cierto que tenía poco tiempo para salir a ligar y conocer gente, y lo de Tinder, tras varias conversaciones insulsas que no habían llegado a buen puerto, comenzaba a sospechar que no era lo mío. La alfarería, las clases, mantener un negocio modesto y chiquito me dejaba sin apenas tiempo para mí misma y la socialización. Y ahora la enfermedad, los médicos, los hospitales, más médicos, reposo... Estaba yo como para encontrar al príncipe azul, y más cuando todo indicaba que no existía.

—No le hagas caso, que estás mejor así, menos quebraderos de cabeza —intervenía la Pepa desde su silla.

Había avanzado varias vueltas de punto en ese rato que llevaba con ellas, cual araña en su tela. Ciega y con más habilidades que yo, sin duda.

—Pues también es verdad —añadía mi abuela mirando por la ventana, que daba a un patio con árboles frutales y rosales—. ¿Y qué tal en el trabajo?, ¿cómo van esas vasijas y esos jarrones?

Me quedé aletargada observando el molde de papel de la magdalena, de alguna manera estaba buscando una respuesta. Lo arrugué con ansiedad, hice una pelotita con él y lo hice girar en la palma de mi mano. No quería preocupar en exceso a la abuela, porque yo iba a la residencia a verla para compartir buenas noticias, alegrarle el rato o simplemente estar, dos cuerpos cercanos que se quieren y se encuentran en un lugar común, esa sensación de cotidianeidad, de piel con piel, familiaridad, calor humano. Era difícil conseguir la misma sensación de hogar que tuvimos en el pasado, como si ahora formáramos parte del elenco de una obra de teatro que nos tenía como protagonistas, pero cuyo decorado no era el nuestro. De pronto me acordé de aquellos leones enjaulados del zoo que veía de lejos con mi abuela mientras llenábamos la cesta de piñones.

—Bueno, abuela, la verdad es que he tenido algún problemilla últimamente.

Al fondo, la Pepa dejó la bufanda a un lado para centrar toda su atención en mí. La abuela apartó la vista de la televisión y fijó sus ojos en los míos con intensidad, aguardando más información por mi parte como un perro recién nacido espera con apego a su madre.

—¿Y eso? ¿Qué ha pasado, rosa bonita?

—Pues, verás, he tenido la mano derecha mala, así que de momento he dejado el taller hasta que me recupere del todo. Pero no pasa nada, estoy bien.

Hubo un silencio durante unos instantes. La Pepa carraspeó, cogió su botella de agua del suelo, bajo su silla, y le dio un trago. La abuela me hizo un gesto para que me acercase a ella. Me acerqué. Ella me cogió la mano. Su mano era suave como la piel de un bebé, como la membrana de las alas de un murciélago, como la piel de una ciruela. La sentí porque me estaba agarrando la mano izquierda, la buena.

—Tú no te preocupes, que todo tiene arreglo menos la muerte. Y seguro que pronto inventan algo para solucionar eso tuyo también. —Esa era su respuesta para todos los acontecimientos adversos. Y una verdad universal—. Ya estás mejor entonces, ¿no? —añadió esperando una respuesta positiva.

—Sí, ya me estoy medicando y me encuentro mejor, enseguida podré practicar en casa con la arcilla y espero recuperarme pronto para reabrir el taller.

—Muy bien, campeona —me animó la Pepa, que ya había vuelto a sus agujas y a su bufanda de rayas—. Además, tú no te preocupes, que yo cuando me quedé ciega seguí hablando en la radio. Aún me funcionaban el resto de los sentidos. Y siempre hay alguno que te funciona, porque si no estás muerta —dijo soltando una carcajada.

—Es verdad, Pepa, cuánta razón tienes —dije mientras me quedaba enganchada a esa idea.

—Bueno, pero cómete otra magdalena y llévate unas pocas a casa, así le das alguna a tu madre y a quien quieras. Tú tienes que comer bien para no ponerte mala.

Asentí y sonreí. Era su manera de apoyarme, cuidarme, consolarme. Ese era su mayor acto de generosidad, cebarte como a un cochinillo. La posguerra trajo sus consecuencias, se quedaron «con solo el pellejo, alhaja, en los huesos», y ahora comíamos todo lo que ellas no pudieron, como revancha al odio.

Di otro bocado pequeño para contentarla, fingí que me encantaba la magdalena en señal de agradecimiento. No podía rechazar algo que me ofrecía con tanto cariño. La abuela encendió la radio, buscó una emisora con la ruedita del transistor antiguo y maltrecho y comenzó a sonar:

Clavelitos, clavelitos,
clavelitos de mi corazón.
Yo te traigo clavelitos
colorados igual que un tizón.

La abuela y la Pepa tararearon con sus hilitos de voz, y los rosales y los frutales al otro lado de la ventana parecieron moverse acompasados al son de su cante, mientras ellas seguían con sus labores, una tejiendo la bufanda y la otra haciendo un crucigrama en uno de esos libros con cientos de ellos que le llevé en otra ocasión.

8

Los veinte duros

La madre de Elia tenía una tienda de barrio en la que lo mismo encontrabas una fregona o un bolígrafo que unas bragas o un corsé. Era un «Todo a cien», con un cartel de neón en la fachada en el que podía leerse: EL CHOLLO DE LA MARI. Las tiendas de cien pesetas o veinte duros, que era lo mismo, se llamaban así porque muchas de las cosas que podías encontrar en ellas costaban cien pesetas. Al pasar de la peseta al euro, la Mari tuvo que actualizarse y la llamó «Todo a un euro», aunque en realidad había cosas más caras. Mi zona favorita era la de los artículos de broma, donde echábamos las horas Elia y yo. Allí nos perdíamos entre narices pegadas a gafas de pasta, pica pica de la risa, globos que simulaban el sonido de una pedorreta y, de vez en cuando, cuando ya habíamos gastado todas las bromas, asomábamos la nariz por otros pasillos y fisgoneábamos hasta que la Mari nos regañaba porque le descolocábamos las cosas. Las tardes se pasaban volando entre cuadernillos Rubio, bolígrafos de tinta transparente o fosforito, chuches, peluches, la lencería o los cromos, ya fueran de la Liga o de Los Caballeros del Zodiaco. Durante años todo estuvo meticulosamente colocado en sus estantes, pero después el negocio empezó a decaer y con ello el orden. Lo que antes era una suerte de minimalismo al más puro estilo Marie Kondo, pasó a convertirse en un batiburrillo de objetos desordenados sin ningún tipo de lógica. Los cuadernos se amontonaban unos sobre otros, los cromos estaban desperdigados por distintos estantes, la lencería de mujer acompañaba a la de hombre, los calcetines asomaban entre las golosinas. Aun así, Elia y yo nos encontrábamos en casa, los asuntos de los adultos nos traían sin cuidado porque para eso vivíamos en un mundo mágico en el que inventábamos nuestras propias tramas y elegíamos nuestra propia aventura. Años después, la Mari tuvo que cerrar la tienda y los asuntos de los adultos, esos que se hablan cuando no están los más pequeños delante, empezaron a afectarnos. En el local donde estaba la tienda de la Mari pusieron una casa de apuestas, y lo que era un sitio en el que entraba y salía la gente del barrio, se convirtió en un lugar oscuro y siniestro a ojos de las adolescentes que ya éramos.

La Mari se encerró en casa durante una larga temporada y de vez en cuando se asomaba por la ventana del salón, que daba justo a la fachada verde y negra de la casa de apuestas. Resoplaba y daba una calada a uno de sus marlboros, que dejaba chuperreteados en la parte del filtro. «Ese sitio infecto va a terminar con la juventud», decía. O: «Si este país fuera serio cerrarían esos chiringuitos. Son la heroína de nuestros tiempos».

Nosotras no sabíamos a qué se refería, pero estaba claro

que ese lugar la ponía de los nervios. Yo solo veía que la gente entraba contenta y a veces salía cabizbaja, y en muy pocas ocasiones salía igual o más contenta que cuando entró. Esa aleatoriedad en los acontecimientos aún nos confundía más, y allí nadie compraba ni nada, así que no teníamos ni idea de qué se cocía dentro, pero no tenía pinta de ser bueno, por lo que decía la Mari.

Ella se quedaba en la ventana con la mirada perdida como queriendo atrapar algo, quizá su pasado, su tienda, el trasiego de la gente, las cuentas a fin de mes con el lápiz amarillo y negro afilado y la libreta de hojas finas. Las cuentas que salieron durante un tiempo hasta que dejaron de encajar, como un árbol que enferma desde la raíz y termina por pudrirse entero. Entonces el carácter de Elia también comenzó a cambiar, y lo que antes era inocencia pasó a ser madurez y lo que antes eran risas infantiles se transformó en un grito de rabia. Fue así como empezó a militar en sindicatos y a estudiar Derecho y a ayudar al proletariado, tal y como ella solía decir.

La tienda era un refugio que nos protegía de la vida adulta. Ojalá fuera posible volver al «Todo a un euro» de la Mari, entre sus bolas de nieve de purpurina, tamagotchis, canicas y peonzas. Era una burbuja de calma y seguridad para dos niñas que pronto dejarían de serlo. En esos pasillos con estantes hasta el techo había espacio para todo, pero no cabía un ápice de inseguridad o miedo. Eso llegaría más tarde, pero aún era pronto para saberlo.

Veinte años después, Elia y yo nos estábamos tomando algo en la misma plaza que nos vio crecer. Ella miraba fijamente el local donde estuvo la tienda de su madre y después la casa de apuestas. Ahora es una boutique de pedicura.

—Cómo ha cambiado el barrio, ¿eh? —dijo riendo, con un halo de nostalgia en sus ojos.

—Ya te digo, parece que fue ayer cuando nos escondíamos en la tienda de tu madre y nos llenábamos la cara de pegatinas y purpurina.

—Y ahora somos dos abuelas aquí a la fresca —rio.

—Bueno, objetivamente yo soy mayor que tú, y además esclerótica, así que la abuela soy yo.

Nos reímos. Dimos un sorbo a nuestras latas de cerveza.

—¿Has vuelto a saber algo de tu padre? —preguntó.

—La verdad es que no. Supongo que me está dejando mi tiempo, o eso dice mamá, que es la que habla con él.

—Entonces tómatelo.

Me cambié la lata de cerveza de una mano a otra, me costaba sujetarla con fuerza y temí que se me cayera. Elia lo notó porque posó sus ojos sobre ella.

—¿Cómo lo llevas?

—Pues un poco mejor, pero no bien del todo. Pensé que iría más rápido. —Mostré la impaciencia que sentía.

—Bueno, calma, las cosas de palacio van despacio. No te desanimes, verás que al final todo sale bien.

Asentí y dimos otro trago a nuestra cerveza mientras observábamos el lugar donde una vez fuimos felices.

9

El dinero

El dinero comenzaba a terminarse en la cuenta corriente y mis ganas de volver a la artesanía aumentaban de manera inversamente proporcional. Yo era una de esas pocas personas privilegiadas que, aunque con dificultades, podía dedicarse profesionalmente a lo que le gustaba. Y ahora que había dejado de ser así, me esforzaba porque quería volver a mi local y reencontrarme con mis alumnas y mis jarrones y mis cántaros. Pero sobre todo apretaba y angustiaba el hecho de que el dinero escaseaba y se iba acabando el tiempo en esa cuenta atrás. Cualquiera que haya tenido problemas para llegar a fin de mes sabrá de lo que estoy hablando. Ese agobio es difícil de sobrellevar y, por mucho que te esfuerces, no siempre va a depender de ti lograr esquivarlo. Lo que quiero decir es que no todo es esfuerzo en esta vida, se tienen que alinear los astros y mejor si cuentas con ayuda en los momentos complicados.

—«A quien madruga, Dios le ayuda» —decía mi abuela mientras enhebraba su aguja con precisión de reloj suizo y las gafas colgando de su nariz respingona.

Casi siempre acertaba a la primera a meter el hilo por la fina cabeza de la aguja, pero últimamente fallaba y parecía que estuviera pintando un cuadro con el dedo índice y el pulgar.

—Abuela, madrugar es un rollo —le había respondido yo un millón de veces, muy en desacuerdo con ese refrán—. Además, ¿y si trabajas por la noche?, ¿entonces no te ayuda?

—Bueno, hija, en ese caso yo no sé, supongo que también... —Parecía preguntárselo en serio, pero luego me cambiaba de tema, la mayoría de las veces para hablarme de lo que pensaba preparar el domingo.

Las conversaciones con nuestras abuelas giraban en torno a lo que íbamos a comer en Navidad, Semana Santa —donde por supuesto no se probaba la carne—, los cumpleaños, los festivos, los domingos y las fiestas de guardar. La comida era la religión a la que nos acercábamos como beatas a la misa del domingo.

Volviendo a mi pesar, estaba bastante agobiada por el tema monetario: en mi cuenta veía demasiados ceros y no precisamente a la derecha. Mi mano no mejoraba al ritmo de mis deseos ni de mis expectativas, por mucha cortisona que llevara en el cuerpo ni por mucho tratamiento que me hicieran, para el que me ingresaban una vez al mes y me enganchaban a un suero y a una máquina con números que pitaba de vez en cuando. No empeoraba, y eso estaba muy bien, pero tampoco mejoraba al paso que me hubiera gustado, algo que me mantenía en una especie de tiempo muerto o limbo de la enfermedad y en una incertidumbre que me apesadumbraba.

—Bueno, hija, tú no te preocupes por el dinero, que si necesitas yo te presto —decía mi madre—. Lo que tienes que hacer ahora es recuperarte, la salud es lo primero.

Por fin entendí la importancia y la verdad que atravesaba esa frase. Antes me sonaba a la típica frase hecha, a concepto vacío y hueco, algo que poco o nada tenía que ver conmigo, como los eventos taurinos o las carreras de coches o de Moto GP. Sin embargo, ahora tenía forma y todo el sentido del mundo, comprendía el porqué de esas palabras repetidas tantas veces por mi madre y mi abuela. Sin salud no tenías nada, una verdad universal que conocía muy bien la cultura popular, que es sin duda la más culta de todas las culturas. Decía algo así como que hay tres cosas importantes en la vida: la salud, el dinero y el amor. Pues yo andaba en horas bajas en todas, tres de tres, pleno al quince. Y pensaba en para qué iba a querer el dinero, después de todo, si no tenía salud, en qué me lo gastaría si muchos días no podía ni levantarme de la cama a consecuencia de la fatiga que me dejaba postrada. Mierda, ya estaba otra vez con el pensamiento negativo que me cortaba como el viento de la cima de una montaña. Tenía que currarme lo de ser más optimista, acordarme de la Lola una vez más y de su entereza, su sabiduría, su gracejo. Pero a quién quería engañar... En ese momento me agobiaba la falta de dinero y era una preocupación vital, real, física, palpable, de las que dolían, no se trataba de una fantasía de cuento de hadas. ¿Cómo se hacía eso de ser optimista? Una se levantaba una mañana, hacía pis, se lavaba la cara, se echaba crema y se convertía en optimista. ¡Ja! Casi me pillas,

Mr. Wonderful. No podía ser una optimista porque había decidido ser una realista bien informada, pero sí podía intentar ser más práctica para salir de esa marabunta de pensamientos que me tenían exhausta.

«Claro que sí, tú sí que sabes, escucha a tu instinto y guíate por él. Así sabrás qué camino seguir». La Lola me guiñó el ojo desde un rincón de la cocina y me conmovió la idea de que ella estuviera orgullosa de mí y de mi gestión de la situación. Solo alguien como ella podría entender la dimensión de mi tragedia personal, la magnitud de una realidad que me había atrapado como una red que caía sobre los peces en alta mar.

Porque, entre otras cosas, la enfermedad es incomprensión, y esa incomprensión lleva casi inevitablemente a la soledad. Sí, me sentía más sola que nunca, y no porque lo estuviera, al fin y al cabo mi gente era más o menos la misma de toda la vida; era más bien una sensación, una percepción, una nueva manera de concebir el mundo, de comprenderlo o de no hacerlo en absoluto. Y también sentía que el mundo no me pertenecía ni me comprendía de esa manera, que no era recíproco, como una balanza con una brizna de trigo a un lado y una bala de plomo en el otro.

—Mamá, es que estoy cansada, no puedo acompañarte ni ir al cine contigo —le decía a mi madre un miércoles cualquiera.

—Jo, hija, no me fastidies, ya he comprado las entradas. Tienes que esforzarte un poco más, yo también estoy cansada —decía con cierta desazón.

A esa soledad me refiero, la que te hace sentir que habitas en otro planeta, un lugar donde los mensajes se emiten y se reciben en un lenguaje desconocido e inconexo, donde se produce un cortocircuito que impide que podamos comprendernos y conectar como antes. Yo estaba rota y supongo que eso es lo que pasa cuando los aparatos dejan de funcionar, o cuando una persona envejece, o cuando un perro no tiene el pedigrí necesario, que te apartan un poco. Todo se reducía a una mala comprensión por parte del interlocutor, a la falta de empatía, al desconocimiento, a fin de cuentas, de lo que esta dichosa enfermedad te hacía. Ojo, no culpaba a nadie, yo tampoco sabía lo que era esto antes de vivirlo en mis propias carnes, simplemente describo el porqué de mi soledad y mis sensaciones en esos momentos. Por eso también echaba tanto de menos a la Lola, porque ella lo habría entendido plenamente de haber estado viva entonces.

«No te preocupes, bonita, no estás sola. Estoy aquí y te entiendo». Volvió a aparecer en el rincón, esta vez con un gorro rojo que la favorecía por el contraste con sus ojos oscuros, como pintados con carboncillo. «Y ya sabes que si pasa algo...».

—Se le saluda —dije en voz alta.

Me reconfortó no saberme sola. Y entendí que antes de nosotras estuvieron otras que sintieron en cada poro de su piel lo que ahora nos atravesaba y así será previsiblemente con las siguientes que vengan cuando nosotras dejemos de ser.

—Bueno, alhaja, tú no te preocupes, que ya llegarán el amor y el dinero cuando tengan que llegar.

Mi abuela daba por hecho que con la salud ya no contábamos, para qué nos íbamos a engañar a esas alturas del partido. Y yo agradecía su sinceridad, porque no era necesario enredar más el asunto; mejor encajar el golpe y salir a jugar con la mejor de las actitudes.

—¿Para qué quiere el dinero si lo importante es la salud? —soltaba la Pepa de pronto, sin darse cuenta, tan ausente como sus ojos grisáceos.

La abuela y yo nos mirábamos y nos reíamos sin querer hacer ruido, pero la Pepa, que era ciega pero de tonta y de sorda no tenía un pelo, daba un leve respingo y se llevaba la mano a la boca como queriendo atrapar las palabras que había dicho, y después se santiguaba.

—¡Virgen María! —Se volvía a santiguar—. Perdóname, chiquilla, que esta vieja no sabe lo que dice, tiene la chaveta ya estropeada. —Y se señalaba la cabeza.

—Pepa... no te preocupes, que no me lo tomo a mal, en serio... Si ya sé yo que la salud no es lo mío. Soy guapa y lista, no podía ser perfecta —le decía para quitar hierro.

—Además, tampoco estás tan mal de salud —continuaba ella, intentando arreglar el desaguisado—. Podías estar peor, como tu abuela o yo, míranos.

—Oye, tú, zopenca —reaccionaba mi abuela como saliendo de un letargo—. Que yo por lo menos veo, mal... pero veo. No como otras, ejem ejem.

Y así seguían hasta que a una de las dos le entraba sueño, o se le acababa la artillería pesada, o tenía que ir al baño, o quería ver el *Sálvame* o la telenovela turca. Y yo me dejaba ir y me perdía entre sus discusiones cariñosas, y me enternecía lo bonita que puede ser la amistad por muchas arrugas y desengaños que lleves a cuestas.

Cuando volvía de la residencia me empezó a rondar la idea de alquilar el local, algo que me iba a costar un mundo porque era mi hogar y temía que pudieran estropearlo o no tratarlo con el mimo que merecía, como si pudieran profanar una parte de mi ser. El temor sobreviene cuando se poseen cosas, y eso no le ocurre a quien va ligera de equipaje, a quien solo porta lo indispensable.

Ya en casa, mientras acariciaba a Coco y con esta idea aún rondándome, comencé a sentirme mejor, un alivio relajó mi cuerpo desde los pies hasta la coronilla y se me abrió el apetito, así que fui a la cocina y batí unos huevos, con torpeza. También pelé las patatas, muy finas, como las hojas de un libro viejo, como lo hacían mamá y antes la abuela, porque nuestras comidas no son más que intentos fallidos de réplicas de quienes antes fueron o nuevos inventos cargados de amor y nostalgia. Además, aunque habían pasado algunos meses, mi mano aún no tenía la destreza de tiempo atrás, así que me ayudaba con un pelador que las pasaba por una hoja de filo fino. Estaba encontrando la manera de apañármelas con las cartas que me habían tocado y si no había solución, la buscaba.

Comenzaba a gestarse en mí una transformación nunca vista hasta entonces.

10

La nueva Salma

Mi madre había organizado un sarao en casa, de esos que acostumbraba a hacer con amigos suyos. Me invitó, me animó a salir de casa, distraerme, ver mundo, despejarme, a disfrutar de la vida, al fin y al cabo. La noche anterior me insistió en que fuera.

—Venga, Salma, tienes que salir de casa. Apenas ves a tus amigas ni a nadie.

—Pero porque estamos todas un poco liadas —afirmé.

—Anda ya, a otro lobo con ese cuento. A mí no me engañas. Desde que te dieron el diagnóstico te has encerrado en ti misma. Entiendo que estés depre, pero te vendrá bien salir, ya verás, haz caso a tu madre.

Ella tenía una forma de hacer las cosas liviana, vigorosa, sin pensar demasiado en las consecuencias de sus actos. Era de esa clase de personas que no parecían cansarse nunca y que no necesitaban dormir muchas horas para cargar las pilas. Todo lo contrario que yo. Yo era una viejoven, y con la enfermedad a cuestas tenía la sensación de haber sumado unos cuantos números más al contador de la edad sin apenas darme cuenta. Mi madre y yo teníamos intercambiadas las edades, o al menos lo que socialmente representaban. Tengo la teoría de que todas las que han sido madres y han sobrevivido al parto, especialmente las abuelas que parían en un pajar o una cuadra, tienen la capacidad de enfrentarse a todo.

—Hija, tienes que salir de ti misma y ver mundo, divertirte. —Era una frase que me repetía hasta la saciedad para animarme y que saliera de mi caparazón. Tenía razón y la mayoría de las veces funcionaba—. Hay que vivir el momento, *carpe diem*, la vida es ahora, no esperes a mañana.

Mi madre era una mezcla entre Paulo Coelho y Patti Smith, y tenía la capacidad de no hacerse preguntas sobre el pasado ni adivinar el futuro, simplemente fluía como el agua que cae del deshielo. Ese día hacía calor. Y cuando hacía calor yo veía borroso por el ojo izquierdo, como a través de una de esas bolitas de nieve de Navidad o de una lupa sucia o de una sábana tupida. Me angustiaba no ver bien por un ojo porque me perdía la nitidez de las cosas y percibía solo una parte de la totalidad, una fracción inexacta e incompleta del mundo. Era molesto, inquietante, desconcertante. Supongo que así son los primeros días o semanas de un bebé que intenta captar los estímulos externos sin entender absolutamente nada, como un extranjero en una tierra desconocida. Procuraba no pensarlo demasiado. «Mira la Pepa. Si la Pepa puede, yo no voy a ser menos», me decía, y me lo repetía como un mantra para animarme. Necesitaba ese coraje, esa motivación que me diera energía y valentía para afrontar el día y ver las cosas con otra perspectiva y otro empuje. No siempre salía bien, pero yo ponía todo de mi parte.

La casa de mi madre no estaba lejos de la mía, a unas cuantas calles de distancia, así que fui caminando mientras el sol tostaba mis párpados, mi frente y mis brazos. Aquella mañana había recibido buenas noticias y eso me ayudaba a estar contenta, como en uno de esos anuncios de compresas en los que todo parece ir bien. Me habían mandado una carta del hospital en la que me proponían el nuevo tratamiento para paliar los efectos de la esclerosis múltiple. Nunca pensé que recibiría de tan buen grado la noticia de que me iban a pinchar, yo que tenía fobia a las agujas. Me lo tomé como quien ve los primeros rayos de luz después de una larga noche. Era un tratamiento agresivo, con bastantes efectos adversos, pero a cambio frenaría la progresión de la enfermedad, y eso me parecía motivo suficiente para aceptarlo. Era un regalo, un salvavidas en medio del océano, como una botella de oxígeno salvándote de un ahogo irremediable. Antes había que hacer papeleo, esperar a que la dirección del hospital diera el visto bueno, ya se sabe, la burocracia que todo lo ralentiza, pero ya habíamos dado un paso de gigante. Estaba contenta y radiante, por qué no decirlo. Existía la posibilidad de no empeorar rápidamente, de mantenerme durante más tiempo como estaba, de tener una vida sin demasiadas dificultades ni limitaciones. Por fin encontraba motivos a los que aferrarme para ser feliz.

Esa noticia también significaba que tal vez pudiera seguir dedicándome a la arcilla y la enseñanza, mis dos grandes pasiones. Me devolvía la esperanza de continuar avanzando en mi camino, no exento de piedras, pero con la percepción de unos rayos de luz asomando al final del túnel. Sentía cosquillas en el estómago que me subían hasta el pecho de la emoción. Empezaba a ansiar el momento en que me pusieran mi primera inyección de Natalizumab, el medicamento casi impronunciable de mi futura salvación.

Por otro lado, seguía viviendo mi duelo particular. La terapeuta me había indicado los pasos a seguir. Habían pasado varios meses desde el diagnóstico y tocaba despedirse de la Salma sana y dar la bienvenida a la Salma con una patología que me acompañaría ¿el resto de mi vida? Eso parecía demasiado tiempo, pero no dependía de mí, sino de la ciencia, así que ya estaba aceptando que debía jugar las cartas que me habían tocado e intentar que la partida fuera lo más beneficiosa posible para mí.

Tenía que aceptarlo, por muy difícil que se me antojara. La Salma sana era la que salía de fiesta, se iba de after, se acostaba con desconocidos, bailaba y fumaba y bebía hasta que amanecía. La nueva Salma debía cuidarse, hacer ejercicio, yoga, descansar, relajarse. Tocaba reconciliarse con el nuevo cuerpo, tomar conciencia, respetar los tiempos, aprender el significado del autocuidado, poner límites… En otras palabras, tocaba ser otra.

—¿Qué es lo que más temes de esta nueva situación? —me había preguntado Miriam, la psicóloga, detrás de sus gafas de pasta rojas y sus labios carmesí a juego.

—Supongo que no poder andar, o no poder ver —dije

acordándome de mi abuela y de la Pepa, y me di cuenta, mientras las palabras salían de mi boca, de que quizá eso no era tan limitante, de que las vidas de ambas tenían mucho sentido, incluso más que las de muchos que caminan por la calle sin saber a dónde van.

—Imagino que una enfermedad grave no es fácil de asimilar para alguien tan joven como tú, pero lo estás haciendo muy bien, esto forma parte de un proceso, no hay que ir con prisa —dijo con su hablar tranquilo, como debe ser el de alguien que se supone que te está acompañando mientras encajas el golpe.

No supe qué decir a eso, porque no sabía si era una pregunta o una afirmación, así que tan solo asentí mientras me preguntaba cómo se encajaba el golpe con veintiocho años. En esto no funcionaban las pócimas mágicas ni los atajos fáciles. No era algo que pudiera construir ni cambiar de la noche a la mañana como quien mueve una cómoda o una mesa de sitio o sustituye las cortinas por un panel japonés que pegue más con el sofá. Tocaba ir paso a paso, echar primero el cemento y después ir apilando cada fila de ladrillos. Era momento de vislumbrar un horizonte de superación, siendo consciente de que el camino no sería fácil ni rápido: habría que acomodar algunas cosas, hacer cambios, encajar las piezas del puzle, hacer malabares, caerse, levantarse para caer de nuevo. Porque lo importante no era la caída sino el aterrizaje, como decían en aquella película francesa, *El odio*. *Spoiler alert*: no iba a ser sencillo, pero se podían conseguir resultados, adaptarse, vivir con la mayor dignidad posible, como el cactus en el desierto o el caracol de pie escamoso, el único animal capaz de generar una armadura de hierro de forma natural.

En todo eso iba pensando cuando llegué al edificio de mi madre y pulsé el telefonillo de su casa, un quinto sin ascensor. «¡Sube!», escuché la voz de mi madre con mucho barullo al fondo, un sinfín de voces arremolinadas unas sobre las otras que se tornaban irreconocibles. Cuando subía las escaleras, en cada piso el ruido de su casa se hacía más próximo, más nítido, y comenzaba a reconocer a las personas que estaban arriba. A mí cada vez me faltaba más la respiración, por lo que iba haciendo pausas en los descansillos, momento que aprovechaba para secarme el sudor de la frente. Me pareció escuchar las voces cantarinas de Concha, Puri, Paula… Tal vez Raquel, Irina… No sabía si Ángela o Manolo… La puerta estaba abierta, así que entré y mi madre me recibió con las manos en la masa, desde la cocina.

—¡Pasa, Salmi, me pillas aquí liada! —me dijo, acelerada como una peonza recién lanzada al suelo. Una risa final acompañó la frase, se la notaba nerviosa pero plena, como cada vez que se reunía con su gente.

—Vale, mamá, no te preocupes —alcancé a decir entre resoplidos tras mi logro de haber subido los cinco pisos como quien hace su primer ochomil.

Estaba sirviendo ensaladilla rusa, y Concha y Puri sujetaban los platos que ya estaban llenos hasta arriba para llevarlos al salón.

—Hola, guapa —me recibieron al unísono.

Besos y más besos, abrazos. Achuchones. El ensalzamiento de la amistad, el amor y la confraternización de quien ya se ha bebido algún botellín que otro.

—Venga, Salma, este para ti. —Concha me acercó un plato de ensaladilla, que empachaba con solo verlo.

Me lo llevé al salón, donde estaban todos los demás comensales con sus respectivos platos a rebosar.

La casa parecía un guateque sesentero, pero con un decorado más propio de este siglo. Besos, más besos, achuchones...

Mua, mua.

—¿Cómo estás, cariño?

—Bien, bien, muchas gracias, ¿y tú?

—Se te ve estupenda.

—Qué guapa estás.

—Me alegro de que te hayas animado a venir.

—Cuánto tiempo, al fin te vemos el pelo. Qué bien que estés aquí.

Yo iba respondiendo con cortesía, sin meterme en honduras, con monosílabos y agradecimientos escuetos, cordiales. Algo abrumada y desconcertada, intuía que casi todos sabían lo mío a juzgar por esa bienvenida llena de halagos y piropos.

De pronto sonó el telefonillo.

—¡Abrid! —gritó mamá desde la cocina.

Fui yo porque era la que estaba más cerca. «Quién será», pensé. No echaba en falta a nadie de la gente que solía frecuentar la casa de mi madre. Me pareció extraño, sería el cartero o alguien con propaganda.

—¿Quién es?

—Abre, Salma, soy yo. —Al otro lado escuché un hilo de voz que reconocí de inmediato.

Mi padre. Pero ¿qué hacía ahí mi padre?, ¿qué pintaba en todo eso?, ¿por qué había vuelto otra vez a España? Obviamente mi madre le había invitado sin tenerme en cuenta. Me sentí engañada. La felicidad tornó a ligero cabreo y confusión, aunque por cortesía hacia mi madre y los demás tuve que enmascarar rápidamente esa transformación.

—Joder, mamá —me quejé.

—Será papá —dijo ella como si tal cosa, asomando la cabeza por el pasillo con toda la pachorra que la caracterizaba.

—Gracias por avisarme —contesté por lo bajini, sin que llegara a escucharlo.

Mi madre seguía a su rollo, fluyendo, como ella solía decir, cigarro y cerveza en mano, hablando con unos, con otros, riendo, llenando copas o platos.

Abrí la puerta, qué otra cosa podía hacer. Desde luego no me entusiasmaba la idea de volver a encontrarme con mi padre tan de seguido. Pasar de no vernos apenas en varios años a vernos dos veces en tan poco tiempo me parecía excesivo e innecesario, *too much*.

Mi madre se acercó para decirme algo, como quien cuenta un secreto al oído:

—Hija, tienes que arreglarte con él. Si yo he podido, tú también puedes. Venga, que no es tan difícil, no seas cabezota y hazme caso. Tú haz caso a tu madre.

Ahí estaba la imposición de los adultos, hacer caso a los

mayores, había que perdonarse y reconciliarse, hacer las paces, curar las heridas, pasar página como si nada hubiera sucedido, forzar los acontecimientos como quien aprieta un tornillo con unos alicates. Esa extraña satisfacción en tragar sapos y culebras, o quizá ni siquiera fuera eso, probablemente tuviera más que ver con el perdón judeocristiano. También la manía de llamarme cabezota por no entender sus procesos o hacerlos a mi manera, como quien camina despacio en medio de la marabunta que corre hacia ninguna parte. ¿O es que se me escapaba algo? Tal vez había alguna clave que yo desconocía, algún secreto en aquellas peleas eternas de mamá y papá que yo escuchaba desde mi habitación mientras intentaba leer los libros de Mafalda o buscaba a Wally bajo las sábanas con la linterna que me había regalado la abuela. «Dos no se pelean si uno no quiere», me había dicho la abuela miles de veces, como viniendo a decir que mi madre también tenía algo que ver en el asunto. Ya, pensaba yo, pero mi madre no se fue a otro país, ni me abandonó ni formó otra familia ni rehízo su vida en dos días. Mi madre se quedó conmigo en la trinchera, a mi lado. No abandonó el barco, sino que cogió el timón y formó un matriarcado especial que cohabitábamos mi abuela, ella y yo y en el que nos las apañábamos la mar de bien.

Mi padre llamó al timbre de la casa. Ahora fue mi madre la que se apresuró para abrirle, algo que agradecí. Él entró sonriente aunque cortado, con una botella de vino tinto del bueno en la mano, de alguna cosecha importante de un año importante. El alcohol y los vinos también son una forma de celebración, como la pipa de la paz, la reconciliación definitiva que alinea los astros. Miraba su rostro intentando adivinar los resquicios que quedaban en él del pasado. En realidad era la misma persona que yo conocía, la misma persona de aquel pícnic campestre, pero los años le habían moldeado convirtiéndolo en alguien completamente distinto.

—Hola, hija. —Me dio dos besos, como si tal cosa.

Yo se los devolví sin demasiado entusiasmo, ¿qué otra cosa podía hacer? «Ante todo, mostrar siempre educación», me había enseñado él mismo hacía tanto tiempo que casi ni me acordaba. Desempolvar los recuerdos podía traer consigo ideas que parecían de vidas pasadas o de los otros.

No entendía por qué ahora mi padre quería entrar en mi vida. Mi madre me había asegurado que eso no era nuevo, que él lo había intentado ya otras veces sin éxito. Yo no recordaba nada parecido, pero sus motivos tendría para decirlo. Sin embargo, un presentimiento me martilleaba en la cabeza advirtiéndome de que quizá le apenaba mi nueva situación de «tullida». Aunque me costara reconocerlo, una pequeña parte de mí estaba feliz con su regreso, pero recelaba como un gato callejero, no me fiaba del todo, no estaba preparada para dejarle que volviera a formar parte de mi vida tan rápido.

Nos fuimos todos al salón para comernos la rica ensaladilla rusa de mamá, con extra de mahonesa y aceitunas sin hueso para mí. Sus amigos empezaron a recordar viejos tiempos, de cuando estudiaban Magisterio (siempre hacían lo mismo cuando se juntaban). Hablaron del Pipas, su profesor, que tanta inquina les tenía, de que hicieron la ouija y luego tuvieron pesadillas, aunque lo recordaban con risas. Los paquetes de Ducados sobre la mesa, los apuntes de Física, las bolsas de pipas llenas de cáscaras, las servilletas dobladas a modo de posavasos con las cervezas encima... todo eso formaba parte del escenario de los viernes cuando quedaban después de clase.

—No veas qué miedo cuando se nos apareció el bisabuelo de tu madre en la ouija —me decía Manuel, con los ojos ya iluminados por la cerveza.

Yo me reía una vez más, haciéndome la inocente, como si nunca me hubieran contado esa historia. Solo lo hacía para entrar en la conversación y me dejaba llevar por el entusiasmo colectivo.

—Anda que cuando se nos apareció Baldomero García a pedirnos que cumpliéramos sus deseos...

—¿Qué deseos? Pero si movíais la copa, ¿a quién queréis engañar? —decía mi madre entre risotadas y alboroto.

—Quería que le dijéramos a su mujer que todavía estaba enamorado de ella —añadía Puri.

—Ah, pero ¿los fantasmas también se enamoran? —reía Irina.

Había mucho de entrañable en esas reuniones aunque repitieran las mismas batallitas, que no perdían la gracia ni la frescura porque iban incorporando añadidos o se inventaban nuevas versiones con el paso del tiempo. Tenía sentido que mi padre estuviera ahí, al fin y al cabo los conocía a todos desde antes que yo, eran de la misma cuadrilla. Pese a que me incomodara, su presencia no estaba fuera de lugar. Todos se alegraban de verle después de tantos años. Él abrió la botella, el vino corrió por las copas, alguna más cargada que otra, al gusto del consumidor.

Una parte de mí se reconocía entre aquella gente en esa familiaridad confortable, segura, como de estar en casa con las zapatillas de borrego. Las conversaciones de siempre, las mismas caras aunque más arrugadas me transportaban a aquellos maravillosos años de infancia y felicidad, de cero preocupaciones, de la Salma sana que había dejado de ser. El mantel de cuadros rojos y blancos, la ensaladilla de mamá, las risas, el vino, la sandía… todos esos elementos me llevaban al parque con mamá y papá, a las chicharras, el césped reseco, las hormigas, las migas de pan, el beso de mamá y papá, el beso a mí, siempre a mí, todo el amor para mí y nada más que para mí. Mamá amontonando las miguitas en algún lugar del mantel mientras reflexionaba o reía para que luego se cayeran todas al suelo y las devoraran las hormigas y los insectos que plagaban el lugar.

—Bueno, Salma, ¿y cómo estás?, ¿cómo lo llevas? Se te ve muy bien para tener esa dichosa enfermedad —me abordó Puri, la amiga de mamá más preguntona, más cotilla y más atrevida, pero también la más valiente. Porque para ser cotilla hay que ser valiente o inconsciente, inoportuna o una mezcla de todo.

De pronto ese buen rollo que había en el salón se desplomó como una torre de naipes tras un soplido y se hizo un silencio, un silencio denso que esperaba romperse con mi respuesta inminente. Me veía muy bien a pesar de la enfermedad, había dicho, como si la enfermedad provocara que te salieran tres brazos o cuatro ojos al más puro estilo Alien. En el espejo, la nueva Salma era bastante parecida a la Salma sana.

Me la quedé mirando, Puri aguardaba mi réplica, esa que últimamente daba cada vez que alguien me preguntaba por mi salud, como quien canta la canción del verano en bucle. O quizá esperaba otra respuesta. Por unos instantes pensé en inventarme algo distinto y jugar a decir, por ejemplo, que no podría volver a moverme, pero solo de imaginar la cara que se le quedaría me pareció demasiado cruel, así que me decanté por contestar lo mismo que llevaba repitiendo todos aquellos meses. Pero entonces me di cuenta de que allí había alguien más. Alguien que aguardaba LA RESPUESTA con los ojos puestos en mí, expectante. Eran los ojos de mi padre. Tragué de golpe un trozo de patata con miga de pan que se me atravesó en la garganta y me volvieron los monstruos. Sentí demasiada expectación puesta en mí, como cuando me mandaban leer en voz alta en clase de Lengua y literatura y no daba pie con bola de los mismos nervios.

Las primeras semanas tras el diagnóstico, cuando la gente se fue enterando, planeé poner una pista de audio y darle al *play* cada vez que alguien me preguntase por mi salud, por aquello de no repetirme y ahorrar saliva y esfuerzo. Porque cuando me escuchaba diciendo lo mismo, revivía en cierta manera mi nueva situación. Y la enfermedad me daba otra bofetada. Los síntomas, los dolores aparecían de nuevo con aquellas preguntas cordiales, ante las cuales a mí no me quedaba más remedio que aferrarme a que había tenido un buen día, buenas noticias, Natalizumab, esperanza, recuperación. El anuncio de compresas, yo volando y oliendo a lo que huelen las nubes… Me presentaba ante los demás como alguien fuerte y preparada para dar esa batalla. «Esclerosis múltiple» eran dos palabras que aterraban a cualquiera y ellos querían saber, querían que les contara más. La enfermedad, esa gran desconocida que produce morbo y miedo a partes iguales. Se debería hablar más de la enfermedad y de la muerte como parte de la vida, como actores y actrices en un escenario del que todos formamos parte y que vendrán a visitarnos alguna vez. Yo misma me consideraba una aprendiz en todo eso de estar enferma y visitar hospitales. Estaba haciendo un curso acelerado. Así que tras el primer mes me acostumbré a responder con una frase que tenía preparada para esas ocasiones. Una frase sencilla, amable, bonita y para todos los públicos.

«Pues, de momento, parece que de esta salgo».

Sonrisas cortadas, los ojos abiertos de par en par, alguna tos forzada, los rostros congelados como si hubieran visto un fantasma. Aun así, aquella respuesta no parecía ser suficiente, a juzgar por sus caras: «Pero ¿te mueres?», «¿Te vas a quedar en silla de ruedas?», les hubiera gustado preguntar a muchos, pero la mayoría se cortaba, por respeto, por vergüenza, por pudor, por encontrarse en una casa ajena y un escenario incómodo. Por el miedo a la respuesta, por dañarme, por no escuchar lo que esperaban, porque la cura no existe y no se puede rascar más.

El silencio en el salón permanecía espeso, envolvía la estancia, como las sábanas tapan los muebles de una casa de verano en desuso.

—Va bastante bien, ya tiene mejor la mano y todo eso. Ahora se conoce más de esta enfermedad. —Mi madre salió al rescate. Mi madre siempre presente en los silencios y las ausencias, llenando el hueco de la incertidumbre y del miedo—. Tiene muy buenos neurólogos, por suerte han dado pronto con el diagnóstico y eso es muy positivo para tratar la enfermedad, ¿verdad, Salma? —Me guiñó un ojo.

—Sí, sí, soy afortunada dentro de lo que cabe, la verdad. Con la rehabilitación voy mejorando y espero volver pronto al trabajo —mentí, no tenía ni idea de cuándo regresaría al taller, pero a la gente le gusta pensar que todo irá bien aunque no sea cierto.

Los rostros de Puri y los amigos de mi madre se mostraron satisfechos y alegres, por lo que regresaron a sus cubiertos, al ruido, a las copas de vino, a llenarlas de nuevo, alguien empezaba ya a cortar la sandía y el agua rojiza del corte caía por cualquier grieta. Qué rápido olvidamos y pasamos página, algo que agradecí en ese momento.

—¿Quién quiere una raja de sandía?

Y el guiño de mi madre hacia mí, como diciendo que me había salvado, otra vez, pero que para eso estaba, para echarme una mano, porque ¿qué iba a hacer si no? A unos pasos de nosotras, mi padre nos miró y sonrió, entendiendo, queriendo ser parte de un pacto que él mismo rompió hacía tiempo. Aquella sonrisa hizo que me sintiera reconfortada.

Tal vez lograse aceptar la propuesta de mi madre y jugara a que de nuevo éramos algo así como una familia normativa, estructurada y feliz. Al menos por un rato. Sin embargo, no podía engañar ni a la vieja ni a la nueva Salma, aquello me costaría una barbaridad, y más aún exteriorizar cualquier sentimiento hacía él. Mi padre lo sabía, porque de tonto no tenía un pelo, en eso sí nos parecíamos.

Al cabo de un rato comencé a sentirme cansada, por lo que intenté marcharme disimuladamente en dos ocasiones, pero no fue posible. La primera vez mamá me pilló cogiendo el bolso.

—No te estarás yendo, ¿no? —preguntó delante de todos.

—No, qué va, solo estaba buscando el móvil —fingí.

La segunda vez, cuando me dirigía a la puerta de la entrada, se me acercó Concha y me pellizcó el brazo como un cangrejo ataca a su presa, clavando bien las pinzas.

—Yo conozco a una señora que hace reiki, te deja el cuerpo de maravilla. A lo mejor te viene bien probar otras técnicas. ¿Te paso el contacto?

Sonreí y asentí, porque ¿qué iba a decir después de todo?, ¿que no, que ya me llevaban en el hospital general unas neurólogas estupendas que habían estudiado una dura y larga carrera, y que creía en la ciencia y en nada más, y que eso de la medicina alternativa no era lo mío?, ¿que, a ver, no tenía nada en contra, pero me faltaba información y no quería jugármela con algo tan serio? Tampoco tenía la suficiente confianza como para decirle lo que realmente pensaba. Por eso y por cortesía, cogí la tarjeta que me dio y me la guardé en el bolsillo. Ella me devolvió la sonrisa, complacida. Mal tampoco me iba a hacer el reiki, y mucho menos guardarme un trozo de cartulina en el bolsillo que podría usar como marcapáginas en un momento dado.

—Muchas gracias, si esto de la ciencia no me funciona lo tendré en cuenta —dije con sarcasmo, pero sonriente para no resultar ofensiva.

—Si quieres yo te acompaño, no me importa —escuché a mi padre decir, acercándose a mí, su hombro junto al mío, su olor de padre, de colonia de padre, de barba de padre.

Es increíble cómo las fragancias de las personas que queremos, a pesar del paso del tiempo, siguen siendo las mismas. Es una trampa de la biología para que perdonemos a quienes nos dañaron o una ayuda para encontrar a quienes nos quieren en caso de que nos perdamos.

—Emm…. Bueno…. Vale, ¿por qué no?

Así que tenía un padre magufo, un padre que creía en las terapias alternativas, en la homeopatía, cuando él siempre había sido un firme defensor de la ciencia. Al menos eso recordaba de cuando me llevaron de pequeña a operarme de vegetaciones; él insistía en la necesidad de acudir al hospital, donde me curarían y harían todo lo necesario para que respirase mejor.

«Eso es cosa de Francia y su vida burguesa», pensé.

Lo que me faltaba, reiki + papá, menuda combinación. Aunque era probable que mi padre simplemente quisiera pelear por ese acercamiento, ya fuese a través de una consulta de medicina japonesa o de la pseudociencia. El cómo no importaba, estaba interesado en pasar tiempo conmigo, para eso se había recorrido medio país, para eso venía a Madrid siempre que podía. Era de agradecer, pero una parte de mí no terminaba de estar convencida del todo. Porque después se marcharía y yo no estaba preparada para perderle de nuevo. Por otro lado, cómo volver a confiar cuando se había roto ese pacto; quizá no era necesario hacerlo. Esa incertidumbre hacía que me moviera entre esas dos opciones, sin que ninguna tuviera más peso que la otra.

—Ya, tía, pues si no lo tienes claro que le den. Ha pasado mucho tiempo, que lo hubiera pensado antes —me había repetido Elia unas semanas antes, cuando volvió a salir el tema en uno de nuestros cerveceos.

—Qué burra eres... —le contesté yo, que esperaba una respuesta que no me diera la razón.

—A ver, no te enfades, es que me cabrea que después de tanto tiempo aparezca como si nada. Joder, que se ha plantado en tu casa y pretende que le perdones todo por estar enferma. Pero, bueno, tía, es tu padre, ya te dije que tenías que hacer lo que te pidiera el cuerpo.

Elia no tenía padre, ni siquiera lo conoció, ni supimos nunca si su madre llegó a saber quién era exactamente. Por eso mi amiga sentía animadversión hacia la figura paterna. Consideraba que la vida podía ir la mar de bien sin un padre y probablemente tenía razón.

Lo de la cita del reiki cayó en saco roto. Por supuesto, no

fuimos. Se quedó en mera palabrería. Pero mi padre la aprovechó para forzar un acercamiento. Estaba claro que yo no quería ir y papá tampoco insistió, algo que agradecí porque si no tendría que haberme inventado una excusa o haber ido fingiendo que me interesaba todo ese rollo. Y, a ver, yo no tenía nada en contra de la medicina japonesa ni de ninguna otra, pero bastante tenía ya con la española. No diré que no me halagara que mi padre prestara atención a mi vida, a mi salud, a mi bienestar. Me halagaba y me inquietaba a partes iguales, no estaba segura; al fin y al cabo, él se había convertido en alguien ajeno a mi vida, no era cosa de compartir de pronto mis intimidades con él, por mucho que su olor me resultara tan familiar, por mucho que fuera mi padre y por mucho que mi madre insistiera en ese acercamiento. Yo necesitaba tiempo para digerir la situación, demasiadas cosas martilleaban mi cabeza en esos momentos y no había hueco para tanto. Pero él tenía prisa, forzaba la máquina, y yo no sabía qué cartas estaba jugando en esta partida en la que solo conocía a mi contrincante.

Volviendo a casa de mamá, el guateque sesentero había dado paso a una sobremesa en la que los corrillos tranquilos tomaron el protagonismo. Tras mis dos intentos frustrados de escabullirme, esperé un rato más por si alguien se iba, pero no parecía que nadie tuviera esa intención. Así que finalmente tuve que interrumpir y anunciar ante todos que me marchaba, porque lo de irse «a la francesa» mi madre no lo consentiría. Comencé a argumentar varias excusas pero, cuando no era Puri, era Manuel, me las devolvían como una pelota de tenis. Estaba claro que eran cómplices de la anfitriona.

—Venga, jo... quédate un poco más —pedía mi madre con un lloro fingido, achicando los ojos y juntando las palmas de las manos dibujando una súplica.

—Mamá... no puedo, no seas pesada, que tengo que sacar al pobre Coco.

—El pobre Coco estará tumbado a la bartola tan feliz. O comiéndose lo que quede de tus zapatos.

—Mamá, no...

—¿Vas a responder a todo con negativas?

—Sí —reí pícara.

«¿Desde cuándo soy yo la adulta de las dos?», me pregunté... La EM (así comencé a llamar a la esclerosis múltiple, por abreviar) me había cambiado, empezaba a ser responsable, ordenada, me iba a tiempo de los sitios para que el día siguiente no me pasara factura sin poder moverme del cansancio y del dolor. Ser esclerótica te obligaba a entender que una retirada a tiempo es una victoria, y ese fue mi lema desde entonces. La gente solo percibía lo que veía, por fuera era aparentemente la misma, el envoltorio no había cambiado en exceso, pero por dentro era otra historia. Mi cuerpo era mi propio caballo de Troya dispuesto para el autosabotaje.

—No, me voy que tengo mucho lío en casa y Coco tiene que salir a la calle, que son ya muchas horas..., y además estoy cansada y me duele el cuerpo —dije, más seca y rotunda, a ver si esta vez sonaba convincente.

—Bueno, como quieras, hija —se rindió al fin mi madre, y dio un sorbo al culo de vino que le quedaba como quien acepta una derrota.

Después los besos, los abrazos, los achuchones, los apapachos, los «a ver si nos vemos», «cuídate mucho», «qué bien te veo, que sigas así», «besitos a Coco»… Papá permanecía al fondo como un pasmarote, con los brazos colgando a ambos lados, sin saber muy bien qué paso dar, acercarse o no, dar besos o un abrazo o qué demonios hacer. Incómodo, se agarraba los brazos, los soltaba, daba un paso al frente para luego retroceder. Al final, me lancé yo para terminar cuanto antes e irme a casa de una vez. Definitivamente, me había convertido en adulta sin darme cuenta. Le di dos besos cordiales, no de los afectuosos.

—Ya nos vemos —le dije escuetamente.

—Sí, nos vemos pronto —me respondió él, y el brillo en sus ojos decía que esperaba más por mi parte, una cita, una quedada, un plan conjunto, el reiki, una señal, algo.

Algo que yo aún no era capaz de entregarle por más que me esforzara. Me encogí de hombros, rescaté mi bolso de entre la montaña de bolsos y abrigos abrazados los unos a los otros y me fui hacia la puerta. Mamá me cogió del brazo y me acompañó con ese andar suyo saltarín y disfrutón, como ajena a todo, tocada ya por el vino pero sin perder la compostura.

—Gracias por venir, hija, ¿te lo has pasado bien? —me dijo mientras me agarraba por los hombros con ternura y se balanceaba un poco a consecuencia del vino.

—Claro, genial, mamá, muchas gracias. Y la ensaladilla muy rica, como siempre.

—Ay, pues espera, que te preparo unos táperes.

En qué momento se me ocurrió abrir la caja de Pandora.

—No, mamá. Muchas gracias, de verdad, que tengo la nevera a rebosar, no me cabe nada.

—Está bien… —Tomó aliento para cambiar de tema—. Espero que no te haya molestado que viniera papá —me dijo juntando las sílabas y arrastrando las palabras.

—No, para nada, me ha encantado la sorpresa —solté con ironía, y ella lo supo al instante.

—Bueno, poco a poco… Todavía es pronto, pero estoy segura de que encontraréis la manera de arreglaros… —me susurró al oído para hacerse oír sobre las voces entremezcladas de fondo.

—Sí… Oye, mamá, tengo buenas noticias, ya me han concedido el tratamiento —dije después de llevar horas aguantando la noticia dentro de mí como una embarazada guarda a su criatura intacta durante mucho tiempo.

Mi madre me abrazó al instante. Su pelo rizado acarició mi nariz, su olor a mahonesa casera y a mascarilla nutritiva de coco y caléndula.

—Qué bien, Salmi, no sabes cuánto me alegro, ahora todo irá a mejor. —El brillo de sus ojos alumbraba toda la estancia.

—Sí, eso espero… —dije con la misma ilusión que guiaba mis palabras.

—Claro que sí, ya lo verás. Tenemos que celebrarlo.

Toma, llévate estos táperes, que ha sobrado mucha ensaladilla.

La insistencia en cebarme, una vez más. La historia de mi familia y la comida, esa extraña manera de amar a través de la alimentación desmesurada.

—Bueno, vale… Tú ganas, como siempre —me rendí al fin.

Mientras salía por la puerta, con una bolsa de tela repleta de táperes de ensaladilla y otras joyas culinarias maternas, una especie de calma se posó en mi estómago como una cigüeña sobre el campanario de una iglesia. Ese encuentro con mi padre me había devuelto algo de paz, había despertado viejos flashes del pasado: el hogar, la familia, los amigos, la risa, los brindis, la sandía, me traían recuerdos felices de la infancia, donde éramos parte de un todo inseparable. Y al pensar en esto, una parte de mí estaba contenta pero otra ignoraba qué hacer al respecto. Quizá era aún demasiado pronto para saberlo.

Me vibró el móvil en el bolsillo.

En la pantalla apareció un wasap de mi amiga Mati. Mi madre tenía razón, en los últimos meses me había encerrado en mí misma, y aquella comida con sus amigos me había devuelto las ganas de reencontrarme con mi gente también.

«Tía, qué pasa, ¿que ya no te acuerdas de nosotras? Anda, pásate el viernes por donde siempre, churri. No hay excusas que valgan».

11

La fiesta

Yo no debía beber, lo sabía, era consciente, y sin embargo tenía que seguir siendo, formar parte del grupo, de mi gente, de mis amigas. Formar parte de un grupo es una manera de mantener la identidad, somos porque otros también son a nuestro lado y esos vínculos nos definen. Beber como acto social te une, te hace ser una más. Pero me sentía una impostora, no quería y, sin embargo, me dejaba llevar. Beber como acto de conciliación te da un billete para una función que debería ser gratuita y para todos los públicos.

El suelo pegajoso de la disco bajo nuestros pies, la barra con charquitos de vasos de otros que estuvieron antes. Las ofertas en las pizarras y la pared llena de botellas que nunca terminaría de descifrar. Grupos de gente, corrillos, alguna extraña pareja y citas de Tinder. Los baños sucios, como de costumbre, sin papel higiénico y con las paredes llenas de firmas y frases insondables. Nosotras en el centro de la pista, como siempre, sin complejos, bajo el foco, moviendo el esqueleto sin ningún pudor. La vergüenza no era algo que rimara con nosotras, el mundo se desvanecía a nuestros pies cada vez que cruzábamos la puerta de esa disco a ritmo de Beyoncé, Shakira o Jennifer López, aunque no nos invitaran a la Super Bowl, ni falta que hacía. Nos creíamos las reinas de la noche y en cierta manera lo éramos.

Mati, Pili y Elia jugueteaban con sus cubatas y sus pajitas mientras me acribillaban a preguntas, como moscas atacando un jugoso trozo de carne. Era inevitable. Después del diagnóstico, no me libraba del interrogatorio allá donde iba.

—¿Cómo te estás apañando? —cuestionaba Mati.

—Pero ¿necesitas ayuda? —seguía Pili.

«¿Tendrás que hacer rehabilitación? ¿Cuándo te ponen el tratamiento? ¿Duele? ¿Qué sientes?», y así una retahíla de interrogantes que me dejaban fuera de juego y exhausta, como si fuera una política importante en una rueda de prensa tras un gabinete de crisis. Respondía como las actrices después de un pase en el festival de Cannes, solo que sin vestido de Chanel ni zapatos de Gucci. También os diré que vaya fiasco ser protagonista por una enfermedad, ¿no? Con mis amigas era como estar flotando en alta mar, pero sin tiburones al acecho, tan solo el agua fresca meciendo mi espalda y mis nalgas, el sol calentando mis párpados y mis labios. La seguridad de tirarse de un barco con salvavidas, de hacer el pino con un colchón debajo como en gimnasia de cuarto de la ESO. Eso eran ellas, mi refugio y mi diazepam sin receta. Bien es cierto que las había visto poco últimamente, que llevaba un tiempo afrontando mi nueva realidad en soledad, quizá para no tener que responder siempre lo mismo: «Sin novedad en el frente». Quizá porque pensaba que ellas aún esperaban quedar con la vieja Salma.

Las chicas sostenían sus respectivas copas y se balanceaban al ritmo de la música, con mayor o menor acierto. Sonaba *Running Up That Hill* de Kate Bush, tema que le salvó la vida a Max de las garras del villano Vecna en *Stranger Things*. A nosotras nos salvaba de nuestros propios monstruos cotidianos. Yo las observaba desde un taburete, porque las piernas me flaqueaban y me pesaban como si llevara pegadas a ellas dos losas de piedra. Al mismo tiempo trataba de imitar sus movimientos, como la Lola lo hubiera hecho en aquella pista de baile con ese desparpajo tan suyo. «Ojalá Kate Bush me salvara a mí también de la enfermedad», pensé, y me dejé llevar por la música, me dejé volar como un pájaro libre en mitad de la noche cerrada. Después de levitar lo que duró el tema volví a la realidad, las piernas pesadas, la mano acorchada, la vista terrosa, como cuando te pilla la resaca del mar y te da mil vueltas en la orilla llenándote los ojos y las bragas del biquini de pequeñas conchas, arena y sal.

Pili se acercó al DJ y pidió otro tema, uno que nos encantaba a todas, que nos representaba como grupo y entidad sin ánimo de lucro. *Girls Just Want To Have Fun* de Cyndi Lauper. Ese pelo ahuecado como un nido de pájaros vacío, ese sombrero negro, esa vuelta a casa y una madre que te regaña por una vida desenfrenada, algo que a mí jamás me ocurriría por tener una madre colega, esa rara avis. Dónde quedaron esos tiempos, esos aros enormes de oro, esos labios rojos como el cielo de Madrid al atardecer, esos ojos con raya mapache, esa rebeldía ochentera, la del Mundial del 82 y la de la movida madrileña. Esas crestas, esas calles de Chueca con mujeres trans besándose en libertad lejos de sus barrios y de las miradas de odio.

De fondo, las chicas seguían hablando, aunque la música no me dejaba escucharlas con nitidez y tenía que forzar el oído, inventándome la mitad de las cosas o deduciéndolas por el contexto. Mati hablaba de que se iría de vacaciones con Nuria, su novia. A París, la ciudad del amor. «Uhhhhh», decíamos todas como quinceañeras sin complejos.

—Berlín mola mucho más, es más *underground*, más alternativo. Además, en París son un poco estirados, todo cuesta un ojo de la cara y la torre Eiffel está sobrevalorada —opinaba Elia.

—Los alemanes son mucho más guapos y tienen fama de empotradores —saltó Pili.

—Como si eso me importara algo a mí —respondió Mati.

Nos reímos todas ante la ocurrencia de Pili y la respuesta de Mati, que por razones obvias no estaba interesada en los chicos guapos, ni alemanes ni de ningún sitio.

—Es que las cis hetero os creéis las reinas del universo, y no, hay vida más allá de los falos. La vida es mucho mejor lejos del heteropatriarcado, si lo sabré yo. —Su afirmación tajante nos arrancó risotadas.

—No te digo yo que no —respondía Pili—. Que yo estoy harta de los tíos, ojalá fuera lesbiana. Ayer me dejó plantada Carlos y no es la primera vez. Que tenía fútbol con los colegas, me dijo a última hora. Vaya excusa de mierda. A la próxima que me lo haga, le dejo.

—Siempre estáis igual. Os mola lo de estar cabreados, yo creo que os pone —entraba Elia al trapo.

—Qué va, tía, pero si es él, si yo soy una santa, ¿no me ves? —protestaba Pili.

«Sí, claro», respondíamos todas a la vez. Ella negaba con la cabeza mientras se terminaba su copa y pedía la siguiente.

—Oye, ¿y cómo va vuestro tema de la búsqueda? —preguntó Mati dibujando en el aire las dobles comillas en «la búsqueda».

Se refería a la trepidante y vertiginosa carrera para quedarse embarazada y no morir en el intento. Pili y Carlos llevaban un tiempo buscándolo y no había manera. Gracias a ese asunto se habían olvidado de mí y de mi enfermedad y era otra quien adquiría el protagonismo, lo que me permitía relajarme y disfrutar del espectáculo con los focos apuntando a otra parte.

—Nada, hija, sin novedad. Que no consigo quedarme preñada —lamentó Pili.

Una aguja se me clavó en el estómago de pronto. No me había planteado el tema del embarazo hasta ese momento. No era algo que me hubiera quitado el sueño nunca, tenía otras motivaciones vitales que me resultaban más prioritarias, como mi profesión o mi local, que funcionaba a las mil maravillas hasta que me puse enferma. No había tenido tiempo para abordar seriamente la cuestión de la maternidad como un proyecto vital que emprender, pero en ese instante algo hizo crac y me vino a la mente la idea de ser madre o de no serlo nunca. ¿Sería buena idea ser madre teniendo EM?, ¿podría ser una buena madre?, ¿qué era ser una buena madre?, ¿no era irresponsable por mi parte serlo? Y si empeoraba, ¿quién se haría cargo de la criatura? Primero tendría que buscar un padre, claro está, era un pequeño detalle a tener en cuenta, o al menos un donante de esperma; sin eso, poco se podría hacer. Una vez hubiera superado ese primer escollo de búsqueda de padre o sucedáneo (odisea n.º 1), tendría que enfrentarme a la fecundación en caso de no quedarme embarazada de manera natural (odisea n.º 2). La odisea número 1 por ahora se presentaba como un hecho improbable, mi experiencia en la app de ligue no estaba siendo del todo satisfactoria. La realidad era que en los últimos meses no había quedado con ningún chico. Esa app era una especie de ruleta de la suerte con escasos aciertos. Parecía estar recogiendo la pesca de arrastre o buscando en un mercadillo de segunda mano en el que nada me convencía lo suficiente como para darle una oportunidad. Por otro lado, en cuanto a la odisea número 2, no tenía buenas referencias: mucho gasto y poco resultado, parecido a jugar la lotería de Navidad. Algo se estremeció dentro de mí, vi demasiados escollos en el camino, algunos se me antojaban infranqueables, lejanos, quizá imposibles. La ansiedad apretó mis entrañas, estrujándolas, poseyéndome como una fuerza extraña. Había poco de racional en ese malestar, era algo más bien biológico o cultural. Era esa presión que nos golpea a las mujeres por el simple hecho de serlo.

De pronto fui consciente de que no estaba preparada para la maternidad ni para albergar vida en mi interior, más allá de la mía propia. No agarraría el puño diminuto de una versión en miniatura de mí misma ni limpiaría más cacas que las de mi perro. Me invadió un sentimiento de tristeza aliñada con una pizca de miedo y dolor. Cuando yo muriera, no quedaría nada de mí, ni siquiera un recuerdo, habría pasado por la vida de puntillas, como un suspiro, no habría nadie vivo que me echara de menos. Me asustaba no existir en la memoria de nadie, que no hubiera frases en las que se me nombrara. No existir no es solo morirse, es no aparecer en la memoria de otros, y el ego se alimenta del recuerdo de los demás.

Me asustaron las cenas de Navidad cuando tuviera sesenta años, sin ningún adolescente o joven borracho a quien recriminar que se había pasado con el alcohol. Me entró pánico por el silencio que llenaría el salón en el que me encontraría sola con mis gatos o perros. No discutiría con nadie de política o de fútbol, eso es cierto, y tampoco tendría que cocinar para toda la familia, porque no todo iba a ser malo. Acabaría la noche viendo *El diario de Bridget Jones* o *Solo en casa* o alguna de esas comedias trilladas que ponen todos los años y se ven sin demasiada atención como excusa para no pensar demasiado, y terminaría quedándome dormida en el sofá, botella de vino en mano y gato encima de mi cara tapando la tremenda borrachera.

—Bueno, no te preocupes, lo conseguirás —le decía Mati a Pili, agarrándola del brazo, consolándola, como hacen las buenas amigas. El tacto como una pócima para ahuyentar los demonios.

—Venga, os invito a una ronda —respondió Pili.

Nada que no pueda arreglar o enmascarar el alcohol, como pensará mi yo solitaria dentro de unas décadas.

El alcohol que todo lo cura. La bebida como terapia de efecto inmediato, que al día siguiente desembocará en una tremenda resaca y en un arrepentimiento más que sumar a la lista. Como muchos de los polvos que echamos años atrás, como muchas de las decisiones equivocadas que tomamos y que aún nos quedarían por tomar. Brindamos y nos abrazamos sobre ese suelo pegajoso que habíamos pisado tantas veces. Comenzó a sonar Shakira y nos fuimos a la pista a darlo todo, aunque yo me llevé un taburete para ir sentándome, pues ya me pesaban demasiado las piernas y parecía una señora de hojalata bailonga.

Después de un par de temas más a todo volumen empecé a sentirme extraña, como fuera de lugar, como el patito feo de la pista, algo que no encajaba con el resto, que no estaba en concordancia con las demás piezas. Ellas derrochaban salud y se las veía radiantes, reverberaban en la oscuridad bajo los focos de discoteca. El *gloss* de sus labios brillaba, los aros de sus orejas se columpiaban al ritmo de la música, su pelo al viento abanicaba mi cara y desprendían juventud por cada poro de su piel. Yo, en cambio, me marchitaba, había envejecido súbitamente, mis piernas colgaban del tronco sin fuerza, como las de Pinocho. De pronto sentí punzadas en ambas piernas, las interferencias cerebrales volvían a hacer de las suyas. Esa era la señal de que tenía que abandonar la escena, por aquello de que una retirada a tiempo era una victoria para no pasarme el día siguiente tirada en la cama y dolorida.

—Chicas, yo me marcho, que estoy supercansada.

Sonaba *It's Raining Men* y la fiesta estaba en su apogeo. Las chicas también, y se acababan de pedir otro cubata.

—¡Nooooo! —gritaron al unísono.

Las besé y las abracé, no dije más, era la mejor manera de irse. Al salir de la disco, vi a Mati detrás de mí. Pensé que me había olvidado algo, pero solo quería compartir conmigo el porro de marihuana que se acababa de encender.

—Toma un poco, te vendrá bien —dijo mientras daba una intensa calada y dejaba salir el humo de sus labios rojizos.

No muy convencida, le di una calada rápida. Ella asintió como animándome y, sin pensarlo demasiado, le di dos o tres caladas seguidas. Sabía fuerte, raspaba la garganta, pero era agradable.

Después me dio un abrazo y fue al encuentro de la música que se escapaba por la puerta de la disco. Iba dando brinquitos al ritmo del tema que sonaba en ese momento.

De camino a casa sentí las piernas livianas, como ausentes, se movían sin que yo las dirigiera hacia ninguna parte… Menudo colocón llevaba, me parecía estar volando,

—¡Chúpate esa, Mario Casas, yo sí que estoy a tres metros sobre el cielo! —vociferé.

No hay nada como la risa que se regala una misma, esa risa cómplice que no te lleva la contraria.

Una pareja que pasaba a mi lado me miró con cara extraña, pensarían que estaba loca o borracha, o las dos cosas, pero a mí me daba igual porque me sentía arropada por la noche, formaba parte de un todo, una paz palpitaba en mi interior como la de una cría que escucha el corazón materno. Toc toc, toc toc. Las farolas parecían brillar más que nunca, con una intensidad mayor, como si fueran los girasoles de Van Gogh abandonando el cuadro en medio de la noche. La gente sonreía por la calle, carente de problemas, parecían felices o simulaban serlo, y yo era algo así como Dorothy Gale y su camino de baldosas amarillas. De pronto me acordé de Daniel, mi ex, probablemente el chico que más me había gustado de una manera erótico-festiva. Guapo, ojos azules, tez morena, sabio, algo pedante, le entregué mi corazón cual adolescente inexperta. Su mirada, a lo Jean-Paul Belmondo en *Al final de la escapada*, se me clavaba en las entrañas. Ese recuerdo me produjo un escalofrío. ¿Adónde se van las personas que ya no están en nuestras vidas? ¿Cómo pasamos de dormir piel con piel a ser desconocidos en un abrir y cerrar de ojos? Me estremecí al pensarlo y me recorrieron unas ganas tremendas de escribirle un mensaje, de saber de su vida. Recordé también a Mati aconsejándome que ni se me ocurriera hacerlo, que se había portado como el culo conmigo. Los pensamientos revoloteaban en mi interior como aves sin rumbo, que es lo que sucede cuando has bebido de más, y aquellas caladas habían sido el colofón.

A medida que me iba acercando a casa, notaba las piernas más ligeras y al fin sentía algo de alivio. Había pasado un mal rato y esos síntomas eran indescriptibles, pero ¿cómo decirle a la neuróloga lo que me ocurría si ni siquiera yo sabía nombrarlo? Entonces, bajo los efectos de la marihuana, recuperé una parte de quien yo había sido tiempo atrás y me reencontré con mi esencia, mi verdadero yo. Sonreí y miré al cielo, dando las gracias. ¿A quién? Eso no importaba, yo era feliz, como tantas otras noches que pasé con mis amigas. Como aquella vez que Mati decidió acabar la fiesta metiéndose en la Cibeles en topless, al más puro estilo FEMEN, gritando: «No nos mires, únete». O esa otra noche en la que Pili, Elia y yo echamos a correr tras perder el último autobús nocturno, y corrimos y corrimos hasta quedarnos sin aliento y nos dejamos caer como fichas de dominó sobre la acera, unas encima de las otras, con nuestras risas entrelazadas haciéndose dueñas de la noche. De nuevo Daniel y su carita de niño que no ha roto un plato aparecieron súbitamente, haciendo desaparecer el resto de los recuerdos como el borrador de tiza de una pizarra, dejando caer el polvo.

Finalmente, saqué el móvil del bolso y escribí algo así:

«Ey, qué tal guapísimo, ¿nos vemos?».

Las aceras brillaban con el reflejo de las farolas y los edificios se me antojaban altos, inabarcables. Me sentía feliz, aunque no recordaba bien el camino de vuelta a casa.

12

Piel de mariposa

Por suerte, Daniel nunca me respondió al mensaje y eso lo hizo todo más fácil. De habernos visto me habría complicado la existencia, y yo estaba intentando llevar una vida ordenada, no se trataba de poner más obstáculos en el camino. Después de la salida con las chicas, volví a centrarme en mí misma y en mi recuperación. Esa noche me había devuelto una realidad que ya no me pertenecía, en la que ya no me sentía cómoda, por mi dolor o mi cansancio. Ya no era la misma de antes, cualquier exceso se traducía en que después pasaba unos días muy duros que eran complicados de explicar al resto. Como la enfermedad a veces no mostraba signos visibles, costaba hacerse entender, por lo que en muchas ocasiones me refugiaba en casa con Coco. Por otro lado, la neuróloga me había derivado a rehabilitación para mejorar la sensibilidad de la mano y las demás secuelas que me acompañaban desde que tuve el primer brote. Llevaba unos meses esperando con ansia ese momento, con ganas de encontrarme mejor, de volver a mi estado previo, o al menos intentarlo. Ya que no podía moldear la arcilla, quería probar con mi propio cuerpo. Salió a recibirme Sole, de cincuenta y largos, rizos colgando sobre sus mejillas rosadas, sonrisa asimétrica, gafas de pasta azul eléctrico. Sole parecía una de esas mujeres resistentes, de espalda ancha y curtida, crianza de varios niños, cuidado de varios de sus familiares y el de todos los que nos rehabilitábamos ahí.

—Qué, ¿has desayunado bien? Que aquí se viene a currar y a darlo todo —dijo tras presentarse.

—Sí, claro —asentí tímidamente.

En realidad había desayunado muy poco porque se me había hecho tarde y aún tenía que sacar a Coco. De pronto pensé que me haría escalar el Himalaya o algo peor. Yo, que no hacía ejercicio desde que don Cosme nos mandaba saltar el potro en Educación física. Yo, que nunca logré pasar del cinco en la dichosa asignatura por mucho empeño que le pusiera. Ahora me enfrentaba a un examen más difícil: mi recuperación.

—No te asustes, que no es para tanto, ya verás. Aquí no nos comemos a nadie y nueve de cada diez pacientes sobreviven —me dijo Sole guiñándome un ojo, haciendo una mueca y riéndose de su propia ocurrencia.

Era la suya una de esas risas contagiosas, sonoras, especiales, donde apetece quedarse a vivir.

Después me hizo un gesto con el brazo para que la siguiera. Me enseñó las instalaciones y me presentó al resto del equipo: Maricarmen, Mario, Agustina y Saúl. También me fue presentando a la gente que estaba en las máquinas y las barras, las escaleras y las bicicletas estáticas. Parecía un gimnasio, pero para personas con discapacidad, como yo. Era algo así como un taller de reparación, pero en lugar de coches, éramos nosotros los que estábamos averiados y necesitábamos arreglo para pasar la ITV.

Lo primero fue sostener una pelota de goma y apretarla con los dedos repetidamente. Sabía que era de goma porque me lo chivaba la mano izquierda, pero para la mano de cíborg bien podía ser de caucho o de silicona, porque yo no notaba la diferencia. Empecé a llamarla así porque no quería decir «la mano mala», ya que me resultaba peyorativo y frustrante. Simplemente era una mano que no me pertenecía del todo, implantada o prestada, como la de uno de esos robots que son medio personas medio máquinas. Y no era ni mejor ni peor, ni mala ni buena, era otra, y cada vez la iba aceptando más. Era como cuando te quitaban un diente y aparecía en la encía ese vacío, esa extrañeza que poco a poco comenzaba a ser asumida con el paso del tiempo.

Después de la pelota de goma me hicieron andar por un pasillo para evaluar mi equilibrio y mi marcha, por si tenía algún problema de movilidad. Yo me sentía una vez más como Dorothy Gale siguiendo el camino de baldosas amarillas hacia la Ciudad Esmeralda, solo que algo más torpe y desorientada. Más tarde fue el turno de las barras, caminar con los dedos de las manos por una especie de escalera de madera, hacer abdominales, sentadillas... Sí, definitivamente tenía que haber desayunado mejor. Sole nos explicaba en qué consistían las máquinas y cada uno de los ejercicios con paciencia infinita. También hacía movimientos enérgicos y daba igual las veces que hubiera repetido la misma frase, no perdía el ímpetu y el tesón de la primera vez. Sus rizos se movían acompasados al ritmo de sus brazos bien definidos, que subían y bajaban, o de sus piernas tersas y musculosas, que daban zancadas adelante y atrás. No parecía cansarse nunca. Qué desayunaría esa mujer, me preguntaba yo mientras intentaba imitar sus movimientos con poco éxito. Yo era una mariposilla con las alas rotas y ella una leona, pero confiaba en que se me contagiara algo de su entusiasmo vigoroso. La esperanza es lo último que se pierde, dicen.

—Es probable que mañana tengas algo de agujetas, eso sí. —Tuve muchas—. Tus músculos notan el sobreesfuerzo y es normal que se carguen y se quejen, pero eso es porque estás haciendo un buen trabajo, estás ejercitando, y es lo que necesitas para mantener el tono muscular. Para tu enfermedad eso es muy importante. —Esto último lo dijo muy seria y mirándome a los ojos fijamente, como esperando que captara el mensaje y se me quedara grabado.

Sole era imparable y se movía de un lado a otro de la sala con una rapidez de gacela. Era leona y era gacela, pero además era koala, porque era muy achuchable, o al menos yo tenía ganas de abrazarla continuamente. Menos cuando me despertaba al día siguiente de los ejercicios y me dolía todo el cuerpo, ahí la recordaba más bien como una hiena riendo a carcajadas en medio de la sabana.

Los movimientos eran más suaves y pausados con Saúl, que se encargaba de enseñarnos los estiramientos. Esa era la mejor parte, me aportaba placer ese momento en que el músculo se estira el máximo posible como un chicle o una goma elástica. Saúl era un hombre sensible; «hombre blandengue», que diría el Fary, «hombre seguro de sí mismo y confiable», que diría yo, sin una gota de masculinidad tóxica a simple vista. Me trataba con dulzura y tranquilidad, aceptándome y sin exigirme más de lo que mi cuerpo podía dar. Me aportaba espacio, margen, tiempo para ir a mi ritmo, escuchando a mi cuerpo, sin forzar. Eso generó la confianza suficiente como para caernos bien y apetecerme cada vez más ir a rehabilitación. Sin lugar a dudas, pronto se convirtió en el mejor aliciente para ir a las sesiones de rehabilitación. Además, teníamos gustos parecidos: la música, el arte, los animales, la naturaleza. Le gustaban The Clash, los Ramones, Joy Division, Aretha Franklin y leía a Raymond Carver, tenía una gata que se llamaba Blimunda y salía al campo los domingos, su día libre. A veces me generaba desconfianza su aparente perfección y dudaba de si era real o una idealización mía. El día que le conocí, me dio la bienvenida y me explicó con todo lujo de detalles todo lo que íbamos a trabajar. Se mostró cordial y profesional, pero, según fueron pasando los días, nuestro trato fue siendo más cercano.

—¿Cómo te encuentras hoy?

Tenía la puntería de preguntar los días que yo tenía peor ánimo, como si intuyera en el universo de mi cara lo que se escondía detrás.

—Bueno, no te voy a engañar, he dormido regular y estoy algo fatigada… pero no me quejo. —Intentaba parecer entera, como si ser vulnerable fuera a restarme puntos de alguna manera. Se apoderaba de mí la vergüenza de mostrar la fragilidad humana.

—Vale, pues hoy nos lo tomamos con calma, no pasa nada. Mañana será otro día, es mejor no forzar la máquina, que aquí no se viene a sufrir.

Saúl conseguía que todo pareciera sencillo y estable, todo lo contrario que un atasco o el metro en hora punta. Era de ese tipo de personas que hace que baje el ritmo de las pulsaciones; «una persona zen, una persona fetén», así me lo presentó Sole. Quizá por eso mismo, por mi dificultad para acceder a esa espiritualidad nata que tienen algunas personas como él, me apegué a Saúl como un parásito elige a su presa o una lapa se adhiere a una roca marina. Saúl mantenía la calma hasta cuando venían curvas. A veces era tan tranquilo que me desconcertaba, ¿era real o era una especie de robot como mi mano? Era divertido ver el contraste de Sole dando saltos de allá para acá, rizos al viento, mientras Saúl preparaba sus instrumentos con una meticulosidad de otra galaxia, como un cirujano dispone el material quirúrgico antes de una operación a corazón abierto. Formaban un tándem cómico por su contraste, como Oliver Hardy y Stan Laurel o Don Quijote y Sancho Panza. Hacían un buen equipo y generaban muy buen ambiente, tanto que deseaba que llegara el lunes para estar con ellos, y por primera vez en mi vida se convirtió en mi día favorito de la semana.

En cuestión de semanas fui encontrándome casi como en casa en la sala de rehabilitación. Charlábamos unos pacientes con los otros, nos dábamos consejos para mejorar, sobre nuestros tratamientos o el especialista que nos llevaba, o simplemente hablábamos de lo que habla cualquier persona: cómo habían subido los precios de la cesta de la compra, el fallecimiento de la reina de Inglaterra y lo que molaba *Juego de tronos*. Así fue como conocí a Gabriela, alguien que se convertiría en un pilar importante en mi vida. Ella tenía piel de mariposa, una enfermedad genética rara e incurable que causa una extrema fragilidad en la piel y provoca heridas o ampollas al más mínimo roce. Me explicó que era algo así como que le faltaban las proteínas que forman el pegamento de la piel, y por eso la suya era tan frágil como las alas de una mariposa. Gabriela requería muchos cuidados, muchas curas, vendajes, horas de dolor y sufrimiento. Sin embargo, casi siempre tenía una sonrisa para regalar, unas palabras de aliento o un chiste que contar. A veces, cuando hablábamos, me sentía culpable por no ser capaz de alcanzar su manera de habitar el mundo con esa entereza. En mi caso, simplemente, no estaba preparada para el camino que se me había trazado, las piedras cada vez se hacían más grandes y se amontonaban a un lado y a otro hasta convertirse en muros infranqueables. Aprendía de ella cada día, su fortaleza se me contagiaba y hacía de mí mejor persona, o al menos más sabia. Me hablaba de su pasión por las plantas, algunas tan delicadas como su piel o como mis conexiones neuronales; de cómo cuidarlas, mimarlas, regarlas a su debido tiempo, esperar la floración sin impaciencia o podarlas cuando fuera necesario. Me hizo comprender que ellas también tenían sus procesos, sus enraizamientos, sus caídas, sus brotes y, a veces, su final.

—¿Sabes?, las plantas reconocen a los de su misma especie y les dan un trato preferente. Los ayudan y los tratan como a hermanos, les ceden espacio para la raíz.

Me alucinaba todo lo que sabía del mundo de las plantas, flores, jardines y frutos varios. Gabriela había hecho un aprendizaje para volver a la madre tierra de la que procedemos y me traspasaba ese conocimiento mientras hacíamos nuestros ejercicios de brazos o piernas.

—Los árboles hablan por debajo de la tierra y a veces por el agua. Crean conexiones a través de sus raíces y los hongos, y cuando les acecha algún peligro emiten una especie de movimiento eléctrico —añadía.

Gabriela era una fuente inagotable de conocimiento, una Wikipedia de las plantas, una wikiverde. A cambio, yo le contaba cómo trabajaba la arcilla; después de todo, la arcilla y el barro de sus plantas tenían mucho en común, procedían de la naturaleza aunque tuvieran distintos destinos. Cuando le explicaba cómo hacía girar el torno alfarero, ella asentía para pedirme que continuara, abría sus grandes ojos y escuchaba con atención y delicadeza. Siempre quería saber más, necesitaba absorber todo el conocimiento como el rosal absorbe el agua del rocío. Yo le contaba que mis dedos acariciaban la arcilla como la madre lame a la cría, que el ruido del torno era similar a la turbina de un avión a punto de despegar, pero que en ese sonido había una calma deliciosa. Me sentía a gusto con Gabriela, podía ser yo misma, con mis dolores y mis tropiezos, mi mano torpe y mis miedos. No había que dar explicaciones, tan solo éramos ella y yo, cada una con sus problemas, pero sin que ello fuera el centro de atención. Podíamos estar enfermas y además tener una vida, reírnos y hablar de temas que nos apasionaban. Sentía que no tenía que hablar de mis presuntas limitaciones, que no tenía que poner excusas, me sentía como en casa.

En ocasiones venía Sole y nos interrumpía la tertulia, pero en cuanto salía por la puerta continuábamos con nuestra cháchara, como si fuéramos alumnas de primero de EGB y nos hubiera pillado la profe.

—Venga, chicas, ¡menos charleta y más bicicleta! —Y se reía de su propia ocurrencia con esa risa suya contagiosa.

También nos reíamos disimuladamente cuando hacíamos movimientos de muñecas a la derecha y a la izquierda como si estuviéramos bailando sevillanas: «Cojo la manzana, me la como y la tiro», nos decía Sole para darnos ánimos cada vez que pasaba a nuestro lado. Cuando pasaba Saúl, intercambiábamos miradas de complicidad y sonrisas de aprobación, aunque muchas veces él bajaba la vista, ruborizado. Poco a poco íbamos teniendo más confianza y algunos días me acompañaba hasta la estación del metro; por el camino hablábamos de música y literatura y luego nos despedíamos con un cálido abrazo. Gabriela, por su parte, se estaba convirtiendo en una gran amiga. Si no venía a la rehabilitación era porque tenían que hacerle curas en el hospital. Tenía heridas por todo el cuerpo, donde le ponían vendajes. Pero siempre que podía, venía con todos nosotros, con una fuerza y una energía que dejaban atónito a cualquiera.

—¿Crees que yo podría aprender cerámica? —me preguntó Gabriela de pronto.

—Por supuesto que sí. Si consigo volver a abrir el taller, que es mi intención, te enseñaré todo lo que sé con mucho gusto. Quiero recuperarme de la mano para poder seguir enseñando.

—Lo conseguirás. Aquí nos dan caña, pero es para bien. Qué guay que me enseñes, me vendrá muy bien aprender a hacer jarrones y macetas para mis plantas.

—No te quepa duda de que lo haremos. Oye, estoy muy contenta de haberte conocido, por fin siento que alguien me entiende —me sinceré con ella.

—Bueno, muchas gracias, pero tú tienes muchas amigas, seguro que también te comprenden.

—No lo sé, siento que mi vida ya no es la de antes y que pocas personas pueden entenderlo, porque a veces no lo comprendo ni yo —le dije riendo.

—¿Y has probado a sincerarte, a decirles lo que sientes?

—Pues tienes toda la razón, tengo que ser más asertiva y tratar de explicar cómo me siento.

—Claro que sí, y ya verás como entonces te entienden.

Estaba a gusto allí, con Gabriela y los demás, mejorando poco a poco pero rodeada de personas con las que compartía afinidades y problemáticas; me sentía acompañada en el proceso de la enfermedad. No estaba sola en mi preocupación, no era la única que tenía miedos e incertidumbres, y era sanador contar con un lugar en el que compartir y aprender los unos de las otras sin juicios externos ni barreras.

13

La noria

Mi madre es la persona más fuerte y recia que he conocido, y no lo digo porque sea mi madre. Solo la vi llorar una vez, cuando murió su tía María, a la que adoraba y con la que se había criado además de con su madre. Antes las cosas eran así, los hombres trabajaban fuera de casa y las mujeres dentro. Bueno, ahora es parecido, solo que las mujeres suelen trabajar dentro y fuera, y algunos hombres, según dicen las estadísticas, no es algo que yo me esté sacando de la manga, hacen cosas en el hogar. Antes había una madre, pero había más personas que hacían de madre, incluso las mismas vecinas. Esto yo también lo he vivido, pero ya no suele darse en nuestra generación, y mucho menos en las grandes ciudades, donde no conocemos ni el nombre de nuestros vecinos. Estaba claro que el hijo o la hija de Mati tendría una crianza muy distinta a la nuestra. Lo dejarían en la guardería toda la mañana, y por la tarde dependiendo de los turnos que tuvieran en el trabajo; en otras ocasiones tendrían que hacerse cargo los abuelos. Hay padres y madres que no ven a sus hijos no porque no quieran, sino porque los trabajos y las distancias en las ciudades grandes no permiten la conciliación sin renuncias. En algunos casos apuestan por la crianza comunitaria, son gente moderna con otra perspectiva de los cuidados, pero estos ejemplos son minoritarios. Ya no están las tías, las madres de otros niños o las vecinas pendientes de que fulanito no se caiga de la bici o menganito haga los deberes. Ahora es más parecido a *Solo en casa,* bebés aparcados en guarderías para poder trabajar y con ese dinero pagar estas mismas caras guarderías. Que vuelvan las abuelas y las tías y las madres, aunque ellas siempre van a estar ahí con una caja de magdalenas esperándote sobre la mesa. Ojalá todos esos cuidados fueran reconocidos, si no a nivel económico al menos a nivel social, porque sin ellas definitivamente no habría vida. Pero, en fin, qué sabría yo de crianzas y, además, todo indicaba que no iba a ser madre. Me vino a la mente la canción *Ay, mamá* de Rigoberta Bandini y me puse a tararearla.

Como iba diciendo, mi madre es una persona dura de roer. Por eso me extrañó que me abriera la puerta con los ojos llorosos y los párpados sonrojados e hinchados.

—Mamá, pero ¿y esas ojeras y esas lágrimas?, ¿qué te ha pasado? No me digas que has vuelto a ver *El diario de Noa* en la tele —dije para quitarle hierro al asunto.

—Nada, hija, qué me va a pasar, es la cebolla —dijo frotándose los ojos.

—Mamá... Sé que no es la cebolla, no estabas cocinando... no hay nada en la cocina. Y desde luego no huele a cebolla, apesta a incienso que tira para atrás.

Mi madre tenía la manía de curar sus males con palo santo, pero, en fin, cada cual busca lo que mejor le va.

Las hijas no podemos mentir a las madres, pero las madres, aunque a veces lo intenten, tampoco suelen conseguirlo. «La mentira es el arma de los cobardes», dijo algún señor, pero yo diría que es el escudo de los sabios para proteger a los suyos y a sí mismos.

—Bueno, hija, me ha pillado el día tonto —confesó mientras se sonaba los mocos con un pañuelo arrugado.

—Claro, mamá, es normal, te entiendo. Siento que estés así por mi culpa. Pero tienes que pensar que solo soy una tullida; podría ser peor, podía ser narcotraficante —solté buscando su risa. Lo conseguí.

—Pero ¿qué vas a sentir, tontaina? —dijo entre risas—. Y ya lo que nos faltaba en esta familia, líos de droga. No, no, eso sí que no. —De pronto se puso seria—. No es culpa tuya, tú bastante tienes con lo que tienes, pero ya verás como todo va a salir bien, estás en buenas manos.

—Claro que sí, mamá. Mucha gente se recupera casi del todo, y yo no voy a ser menos. —Intenté convencerla para calmar su tristeza—. Y la enfermedad ahora se toma su tiempo antes de hacernos empeorar, no es como cuando la pobre Lola.

Me había sorprendido ver a mi madre llorando y no sabía muy bien cómo reaccionar ante eso ni qué decir.

—¿Qué es lo que te preocupa? —me atreví a decir.

—Pues… no es nada en concreto —afirmó dubitativa.

—Venga, cuéntame, anda, que nunca me hablas de cómo te sientes tú. Me gustaría saberlo.

—Pues, a ver, estoy preocupada por ti, como es lógico. —Hizo una pequeña pausa—. Y también me preocupa no haber estado a la altura, no haber sabido cuidar de ti en condiciones, pero estábamos solas. —Algo se le atravesó en la garganta. Bebió agua—. En fin, hice lo que pude, fui una mala madre, pero intenté ser la mejor posible.

—Mamá, no digas tonterías. Me sacaste adelante tú sola, con la ayuda de la abuela; sin vosotras no estaría aquí, que quede claro. Y eres la mejor madre del mundo, porque eres la mía, y punto.

—Anda ya, tú sí que dices tonterías —añadió sonrojada.

—No creo que sea nada fácil ser madre soltera, irse a trabajar, dejar a tu hija, que menos mal que estaba la abuela también. Salir adelante con un salario para tres... Mamá, lo único que puedo hacer es darte las gracias.

—Me hubiera gustado poder darte más, eso es todo.

Se había quedado en una especie de bucle de autoflagelación que había que destruir lo antes posible.

—Mamá, me has dado amor y eso es lo más importante que se le puede dar a una hija. Así que, venga, anímate. Desde luego no vamos a ver ahora *El diario de Noa*, así que pon algo de musiquita buena que nos anime y nos quite este mal rollo de encima.

—Claro, pon lo que quieras. —Pareció convencida—. Yo voy a la cocina a por unas cervezas, ¿o prefieres vino?

—No, cerveza está bien. Fresquita, porfa.

—Vale, y voy a sacar unas patatas fritas y unas banderillas

que he comprado en el mercado. Me ha dicho Manolo, el de los encurtidos, que están riquísimas.

—Vale, mamá. —Me alegré de que prácticamente hubiera recuperado su brillo de siempre.

Mientras ella estaba la cocina, me fijé en las fotos que reposaban sobre las estanterías. Los tres, mamá, papá y yo, en el Parque de Atracciones de Madrid, y yo con un peluche de Mickey Mouse que me sacaba una cabeza. Quise teletransportarme a ese instante, pero mi madre me devolvió a la realidad acercándome una cerveza bien fría.

—Gracias, mamá.

Ella miró hacia la misma foto, y ambas nos acompañamos en ese silencio y esos pensamientos que nos llevaban hacia otro lugar que parecía de otra vida.

—Éramos muy felices. Ese día te montaste con papá en la noria. Yo me quedé abajo porque a mí ya sabes que las atracciones no me van. Se te cayó desde arriba ese peluche y yo te lo cogí. No paraste de llorar hasta que te bajaste de la noria, menuda rabieta te entró. Te encantaba subirte con papá a las atracciones y yo os hacía fotos desde abajo.

—No me acuerdo…

—Normal, ha pasado mucho tiempo. ¿Está fresca o te saco otra? —Dirigió la atención hacia la cerveza y yo agradecí el cambio de tema.

—No, así está bien.

Mi madre respiró con fuerza, como quien recupera el aliento después de estar sumergido un buen rato bajo el mar. Se estaba reponiendo del disgusto, necesitaba respirar para digerir que su hija, después de todo, seguía enferma y ella no podía hacer más que consolarla y acompañarla en el proceso, y si era con una cerveza fresquita pues mucho mejor.

Al lado de la foto del Parque de Atracciones reposaban mis jarrones, platos, ceniceros y otras manualidades que durante años había realizado con empeño y delicadeza. Algunos estaban muy logrados, otros eran más sencillos, pero todos los había hecho con esfuerzo y entusiasmo. Ella los lucía como quien exhibe unos trofeos. Mi madre también atrapó lo que captaban mis ojos, como una mariposa posada en una flor cualquiera.

—Pronto podrás hacerlo de nuevo, cariño.

—Sí, eso espero. Más me vale —dije mientras cruzaba los dedos y miraba hacia arriba como si un dios en el que nunca había creído fuera a ayudarme como por arte de magia.

Luego mi madre puso a Bob Marley de fondo mientras vapeaba algo que olía a vainilla con canela. Apenas ya fumaba marihuana, si acaso alguna noche en vela le daba alguna calada para conciliar el sueño. Estábamos más relajadas, la música nos mecía como olas en el mar y nos acompañaba en nuestros pensamientos. La música amansa a las fieras, y eso éramos nosotras al fin y al cabo.

—Hija, ¿verdad que te vas a recuperar? —preguntó con los ojos bien abiertos e iluminados.

Entonces ya no se contuvo y se derrumbó en mis brazos como quien cae en la derrota de una guerra, después de años de aguantar el peso con estoicidad. Esa vez fui yo quien acarició su cabeza hasta que se quedó adormilada en mi regazo.

—Te lo prometo —respondí sin creerlo demasiado, porque en realidad no había modo de saberlo.

—Bueno, esperemos que sí. Yo le voy a rezar a todos los budas para que sean compasivos contigo —dijo mientras encendía otra barra de palo santo.

—Toda ayuda es poca —reí.

—También puedes ir a ver a la abuela, que ella te cura todos los males —añadió.

—Pues sí, tengo que pasar a visitarla. Mañana me hacen una resonancia, quizá vaya pasado mañana.

—¿Necesitas que te acompañe? Qué claustrofobia eso de meterse en un tubo, yo no podría.

Eso mismo creía yo, y ahora me paso el rato meditando. Al final te acostumbras a los hospitales y las pruebas. Antes me sentía una rata de laboratorio, pero ya lo he incorporado a mi nueva vida.

—No, no hace falta que me acompañes. Gracias, mamá.

De fondo escuchábamos al bueno de Bob y el incienso nos impregnaba la ropa, el pelo y los poros de la piel de una manera algo empalagosa. Pensé que quizá era un momento lo bastante zen como para hablar de mi padre sin estridencias.

—Mamá, ¿puedo preguntarte algo?

—Claro, hija, dime.

—¿Cómo llegaste a perdonar a papá?

Se quedó pensativa, buscando una respuesta que quizá ya había pensado tiempo atrás pero que ahora no encontraba.

—Supongo que fue por no vivir con rencor. Te salen

arrugas si estás siempre enfadada —dijo riendo—. Viví un tiempo cabreada, tú no te acuerdas porque eras muy pequeña, pero me di cuenta de que de alguna forma te transmitía mi enfado y un día decidí pasar página. No se puede vivir siempre con ira porque te devora por dentro.

—Pero ¿y si yo no puedo hacerlo?, ¿y si no me sale? —pregunté.

—Tranquila, no pasa nada. Pero te saldrán arrugas —dijo riéndose otra vez.

—Es que siento que no puedo confiar en él, siempre he pensado que su trabajo o su otra familia eran más importantes que yo.

—A veces los demás no son como nos gustaría que fuesen, y eso nos duele. Pero no te preocupes, yo estoy aquí, la abuela está aquí, tus amigas también… tienes amor para dar y tomar.

Tenía razón, era afortunada por tener tantos amores y cuidados en mi vida. Imagino que no se puede tener todo, y que los afectos también se moldean con el tiempo, como los jarrones o las vasijas. Me dirigí a la mecedora en la que ella estaba sentada y nos fundimos en un cálido abrazo que ambas necesitábamos.

14

El vinilo

Mi idea era reabrir el taller con otra perspectiva, pero aún no tenía muy claro cuál sería. La enfermedad me había moldeado como a un jarrón viejo y desconchado. Mi visión era distinta, aperturista, vislumbraba rincones por los que antes no me había atrevido a mirar. Quería contagiar mi pasión por la alfarería a todo el mundo. Fue precisamente en la rehabilitación, en una de las conversaciones que tuve con Saúl, cuando me llegó la inspiración. Él me estiraba la mano y el resto del brazo con sus dedos fuertes, alargaba mis músculos y los extendía como si fueran gomas elásticas o un chicle Boomer, que antes de significar «carca» en el mundo digital era una marca de golosinas.

—¿En qué piensas? Pareces ausente —me preguntó.

—Es que… verás… —No me atreví a terminar la frase.

—Venga… suéltalo, que seguro que te viene bien desahogarte —insistió.

—No sé, me preocupa mi mano, ¿crees que podré volver a moldear? —me lancé al fin.

—Estamos haciendo todo lo posible para que así sea, ¿no crees?

Me pregunté si estaba siendo diplomático y si realmente lograría recuperarme.

—Hay muy buen pronóstico y muchos tratamientos, la ciencia ha avanzado mucho y tú te estás esforzando. Así que todo indica que te recuperarás, si no del todo, prácticamente del todo —añadió.

—Ahora me doy cuenta de que he vivido ajena a esta realidad, y hay muchas personas que sufren por su enfermedad o su discapacidad. —Miré a Gabriela, que trataba de estirar un brazo, su ala de mariposa.

—Pues podrías incluirlas en tu taller, ¿no querías abrir uno?

—Sí. ¿Cómo lo sabes? —Me llamó la atención, no recordaba habérselo dicho.

—Uno, que es un poco observador.

Imagino que en algún momento lo comenté con Gabriela y él nos escucharía.

—Y un poco cotilla, ¿no? —exclamé con cariño.

—Eso también —respondió riéndose—. Pero, en serio, creo que sería una buena oportunidad para ti y para el resto que en tu taller incluyeras a personas que tienen algún tipo de problema de movilidad o de sensibilidad. Nadie conoce esta realidad mejor que tú y sería muy enriquecedor.

Me sorprendió que Saúl tuviera la respuesta a algunas de mis preguntas, tampoco nos conocíamos tanto. Yo había estado dándole vueltas a la idea, pero él la había matizado, le había dado forma, como hacía con mis manos. De pronto, la alegría se apoderó de mi cuerpo y la ilusión de crear algo nuevo me hizo vibrar. Empezaba a creer en un proyecto que ayudaría a otras personas, pero que también me ayudaría a mí.

—Perdón —le dije a Saúl cuando dejé caer mi mano en uno de los ejercicios. Mi cabeza se había mudado a otra parte.

—No me pidas perdón —dijo él.

—Perdón. —Reímos.

De vez en cuando me perdía en el recuerdo de mojar la arcilla en el albañal, remover el agua con la barbotina, llenarme de barro las manos, sentir cada caricia de la mezcla cayendo entre mis dedos.

—Mira, te he traído algo —me dijo.

Saúl se acercó a una mesa y me entregó un disco. Era *The Clash*, un vinilo de 1977 que había conseguido en un puesto del Rastro.

—¿Para mí? —exclamé sorprendida.

—Es un préstamo, ¿eh? Que es una reliquia, cuídamelo bien.

—Eh… sí, claro, jo… muchas gracias. —No encontraba las palabras.

—Nada, disfrútalo mucho, ya verás como te mola.

Gabriela me observaba sonriente, pícara, mientras yo intentaba apagar el sonrojo de mi cara y cambiar de tema para salir de ese atolladero sentimental en el que me encontraba de pronto. *Sensación de vivir* o *Amar en tiempos revueltos* se quedaban cortos. Yo, que iba de tía dura, independiente, feminista y empoderada, de repente miraba a un tipo con ojos de Julieta. ¿En qué clase de impostora del amor romántico me había convertido? Cada una, con sus contradicciones a cuestas, hace lo que buenamente puede. Y a mí ese vinilo de *The Clash* me tocó la patata. Supo hilar fino el tío, eso había que reconocérselo. Saúl se fue para seguir con sus quehaceres, a mover piernas y brazos de otros, pero ahí seguía yo flotando en esa nube a ritmo de *Should I Stay or Should I Go*. Por suerte, Gabriela me sacó del ensimismamiento en el que me había quedado a vivir y me recordó que ya era la hora de irse, que si nos tomábamos algo en el bar de la esquina, donde ponían unas tapas generosas y una cerveza fresquita de barril muy bien tirada.

—¿O te quieres quedar aquí con el donjuán? —bromeó achicando los ojos.

Me sonrojé y reí, poco más podía añadir tras la pillada de mi amiga.

En ese momento pasó Sole con la antena puesta, esperando cualquier cotilleo que pudiera alimentar su mañana.

—¿Me he perdido algo por aquí? Venga, nos vemos la semana que viene, holgazanas. A ver si me desayunáis mejor.

En mi cabeza ya solo podía escuchar a The Clash mientras recordaba imágenes de *Billy Elliot*… todo lo demás aparecía difuminado, en un segundo plano, intrascendente, escondido detrás de una sábana traslúcida. Nos imaginé a los dos de la mano en un campo de lavanda, de esos que salen en las fotos de Instagram de parejas bien avenidas o de las que ya solo pueden aparentar que lo son. Los dos sonrientes, jóvenes, inocentes, en la etapa del enamoramiento profundo y románticamente obsceno. Él me acariciaba el pelo, que era más bonito que el mío en la realidad, rubio trigo con mechas californianas de las caras, como las de Jennifer Aniston, porque quién no ha querido tener el pelo de Rachel. Yo le miraba a los ojos, ojos azul mar atardeciendo, y le agarraba de la mano, sintiéndola en toda su intensidad, tersa, pero delicada como él. Finalmente me cogía de la cintura y poco a poco se iba acercando para darme un beso detrás de la oreja que me encendía de una manera arrolladora. Podía notar su respiración, su aliento, sus labios finos y húmedos, sus ganas de mí. Él y yo, yo y él, ya nada ni nadie podría separarnos.

—¿Salma?

Fin de la ensoñación. Gabriela me devolvió a la realidad, el campo de lavanda se convirtió en bullicio y caos en una calle del centro de Madrid, con coches apilados los unos sobre los otros y pitidos constantes, y para rematar pisé un chicle. Ya no tenía los labios de Saúl pegados a mí, sino un chicle asqueroso en mis zapatillas. Me di cuenta de golpe de que no podía perder el tiempo con enamoramientos que me distrajeran de lo importante: yo misma.

15

Capas de arena

Poco me duró ese estado de euforia transitoria porque la cruda realidad me devolvió a asuntos de mayor envergadura, como pasa en las mejores familias. Tumbada en la cama con Coco sobre mis piernas, pude comprobar que la enfermedad no se había detenido. Sabía que mi perro estaba ahí porque le veía, no porque pudiera sentirle. Mi primera reacción fue pensar que quizá se debiera a una mala postura, como cuando pasas demasiado tiempo sobre un músculo y se te duerme. Pero no tenía sentido, quizá tan solo intentaba convencerme, postergar el empeoramiento como si así no fuera a llegar nunca, dejando para más adelante lo irremediable. Me toqué las piernas y las sentí muy lejanas, como si estuvieran sepultadas bajo capas de arena, como cuando era pequeña y mi padre me enterraba en la playa. Intenté levantarme, por suerte no había perdido la movilidad, pero notaba las piernas acorchadas, eran los mismos síntomas que ya tuve con la mano; al menos me resultaban familiares. Las piernas me pesaban, como si me hubieran atado pesas de plomo. Enseguida llamé al hospital y, aunque tardé un buen rato en contactar con ellas, pude hablar con mis neurólogas, que me atendieron de urgencia. Tomé un taxi para llegar, ya que me costaba caminar.

Lo demás fue un poco lo que ya conocía: ingreso hospitalario, inyecciones de cortisona para desinflamar las lesiones, más resonancias, horas y horas de leer tumbada en la camilla, de hablar con las enfermeras, con otras pacientes como yo... Las inyecciones de cortisona me las ponían a lo largo de varias horas con una vía, y ese tiempo lo pasaba ingresada. En esta ocasión el ingreso tuvo una duración de cinco días, aunque por las tardes podía irme a casa. Los chutes de cortisona me ponían la cara roja como un tomate y sentía mucho calor en el rostro. Las enfermeras me acompañaban todo el rato, me preguntaban cómo me iba encontrando, me tomaban la tensión y la temperatura, y alguna me daba conversación. Algunos pacientes también, especialmente los más mayores, que tenían más necesidad de charlar.

—Eres muy joven, ¿qué haces aquí? —me preguntó un señor que rondaba los ochenta.

Me hacía gracia esa pregunta, como si los jóvenes nunca pisáramos un hospital y estuviéramos siempre en la discoteca.

—Cosas que pasan... una enfermedad que tengo. Esclerosis múltiple, se llama.

Se llevó la mano a la oreja, como diciendo que no se había enterado. Se recolocó el sonotone.

—¡Esclerosis múltiple! —grité.

Entonces se enteraron él y todos los que estaban en la sala de día, que es donde se siguen los tratamientos de los pacientes. Las enfermeras se rieron, alguna me mandó callar, pero de buenas formas. A los enfermos siempre nos trataban con consideración, quedaría un poco feo regañar a una persona que no está pasando por su mejor momento. Yo sonreí y me disculpé, con la tranquilidad de que el señor me había entendido finalmente. Ahí terminó la conversación. Él pareció bajarse el volumen del sonotone y yo me puse a lo mío.

El resto del tiempo lo maté con lecturas y series de Netflix. El teléfono móvil vibraba, mi gente se interesaba por mi estado.

«Te hemos echado de menos hoy en rehabilitación», me escribió Gabriela.

«Hija, te espero hoy en casa, te he hecho cocido», me informaba mi madre.

«Alhaja, te mandamos muchos besos la Pepa y yo, que vengas a vernos cuando estés buena». Mi abuela me había dejado un mensaje en el buzón de voz.

«Tíaaa te veo luego vale? Cuando salga de currar me paso por el hospi», me escribió Elia en un wasap.

—Has tenido un brote de la enfermedad. Con la cortisona se irán desinflamando previsiblemente las nuevas lesiones y volveremos a hacer una resonancia para ver los daños y comparar con las resonancias previas. Es posible que el tratamiento no haya hecho aún efecto, aunque valoraremos si es necesario realizar algún cambio —me explicó la neuróloga.

—¿Y cuándo empezará a hacer efecto, doctora? —pregunté yo.

—Es posible que en un mes o dos ya se haya asentado en la sangre y veamos una mejoría. Pero todo ello tenemos que ir valorándolo, no todos los tratamientos funcionan de la misma manera ni en todas las personas por igual.

Vamos, que me había hecho ilusiones antes de tiempo, o, como se suele decir, había vendido la piel del oso antes de cazarlo. Tenía la extraña sensación de no comprender bien lo que me contaban las neurólogas, o al menos no lo entendía de la misma manera que ellas, lo cual tenía sentido porque yo no me dedicaba a la medicina sino a la arcilla. Me parecía que a veces hablábamos lenguajes distintos que podían dar pie a confusión, por lo que intentaba ser lo más precisa posible en mis intervenciones. Me anotaba las preguntas que quería hacer, las llevaba estudiadas desde casa porque siempre me quedaba con la duda de algo.

—¿Y me recuperaré de estas lesiones?, ¿volveré a sentir las piernas?

—Eso no lo podemos asegurar al cien por cien. La mayoría de los casos tienen un buen pronóstico y una plena mejoría, pero no podemos garantizarlo.

En la ciencia, como en casi todo, las respuestas se limitan a porcentaje, estadística pura y suerte, y puedes estar en el lado de los premiados o no, pero no puedes hacer demasiado para acabar cayendo en una parte o en otra. Solo quedaba esperar a que la cortisona hiciera su trabajo y bajara la inflamación de las lesiones.

Fueron varios días de inyecciones para arriba, inyecciones para abajo, encontrar la vena, «abre y cierra el puño», «venga, que ya casi no queda nada», «ahora un poco de suero para limpiar». Los hospitales tienen su mecánica, el primer día todo te sorprende, pero después te haces a la rutina y te acostumbras a ver agujas, batas, mascarillas, botes de medicinas, máquinas que miden la presión, las constantes... También te fijas en que las enfermeras tienen sus propios trucos y sus manías, por ejemplo a la hora de poner el esparadrapo una vez que te han sacado la vía: unas aprietan más fuerte, otras te dicen que te aprietes tú; unas te arrancan los pelos al tirar, como si te hicieran la depilación con cera, otras te lo quitan tan despacio que parece que les doliera más a ellas que a ti.

Mamá me preguntó si pasaba a recogerme, pero al final vino Elia en moto. Nos pusimos el casco y durante el trayecto sentí la velocidad y el viento golpeando mis brazos y mi torso, pero no noté nada en las piernas. Y volví a plantearme qué haría ahora, cuáles serían los pasos a seguir, pero realmente no podía hacer mucho más que esperar y ver cómo avanzaba la enfermedad, si recuperaba o no la sensibilidad.

Antes de meterme en el portal, Elia me pegó un silbido para que me girase.

—Ey, recuerda... si pasa algo...

—¡Si pasa algo se le saluda!

—Eso. Llámame si necesitas algo, anda. Y descansa, guapa —dijo mientras arrancaba la moto y desaparecía al final de la calle como un relámpago.

No lo dijo la Lola, era Elia la que ahora decía lo mismo que ella. No sé si eso llegó a ocurrir realmente o se debía a los efectos de la medicación, pero sí sé que me dio la energía y la fuerza necesarias para encarar esa nueva etapa que me había tocado vivir. Tampoco le pregunté nunca a Elia si ella había dicho o no esas palabras porque quise quedarme con la idea de que fue como yo entendí en ese momento.

Al llegar a casa, Coco se abalanzó sobre mí como si hubiera estado ausente toda una vida. A los perros no les gusta estar solos, son animales sociales, de manada; somos las personas las que a lo largo de los años los hemos humanizado para nuestro propio beneficio. En mi defensa diré que a Coco lo rescaté de las garras de un cazador y le di una segunda vida, que quiero creer es mejor para él. Me encontré cartas sobre la mesa y un ramo de rosas amarillas, mis preferidas. Estaban colocadas meticulosamente, recién compradas, tenían aún ese olor intenso de llevar poco tiempo fuera del rosal y algunas estaban salpicadas de gotas de agua que parecían diamantes. Mi madre había pasado por casa, se había ocupado de Coco, de llenarme la nevera y de limpiar, y me había dejado una nota escrita a mano sobre el mantel de ganchillo de la cocina:

Te espero en casa, no hagas esfuerzos. Te quiero.
Mamá

16

El bastón

Habían pasado unas semanas desde el último brote y empezaba a recuperar la sensibilidad en las piernas. No las sentía del todo, pero si me pellizcaba podía notarlo. Todavía era posible que mejorase más, me había dicho la neuróloga, así que no perdí la esperanza. De momento, para andar tuve que hacerme con un bastón. Los primeros días me costó mucho asimilar que tenía un nuevo compañero de viaje. La gente me observaba por la calle y eso me hacía sentir pequeñita. No estaba preparada para mostrar mi fragilidad, yo era joven y un bastón era sinónimo de algo que no quería tener en mi vida. Y aunque la cabeza me dijera que eso era una estupidez, las emociones me volvían débil y vulnerable de cara a los demás. Aún tendría que responder a más preguntas que, aunque se hicieran con buena intención, me recordaban mi enfermedad. Pero poco a poco dejé de preocuparme por las miradas ajenas, me di cuenta de que lo importante era mi recuperación y poder caminar, me empoderé y no permití que las miradas me achicaran más.

La mano ya estaba mejor gracias a la rehabilitación y al

tratamiento, y en casa a veces me daba por moldear con plastilina o barro, pero sin usar aún el torno. Cogía mis palillos de modelar y jugueteaba con la arcilla, como cuando empecé haría unos diez años. Había una parte de magia en todo eso, en empezar de cero, como cuando un niño se suelta a andar. Esa ilusión venía por mejorar y acercarme al objetivo de volver a darle al torno. Mientras tanto, intentaba disfrutar cada segundo que el presente me regalaba, tal y como me había enseñado la psicóloga. Trataba de no correr demasiado para no caerme antes de tiempo, aunque no siempre era fácil ir a las revoluciones necesarias.

Por otro lado, mi padre había venido a Madrid a pasar un fin de semana. Me había citado en una cafetería del barrio para vernos. Yo no tenía claras sus intenciones ni tampoco si yo estaba dispuesta a pasar página o no. Aun así, me vi en la obligación de darle esa oportunidad, era uno de esos planes ineludibles en los que quería dejar claro que, al menos por mi parte, no iba a faltar buena intención.

Mi padre llegó temprano y yo tarde. Se había sentado al lado de una ventana y parecía mirar algo, pero tenía los ojos perdidos y enganchados en algún pensamiento. Ya se estaba terminando su café solo con hielo, lo que quería decir que llevaba un rato esperando. Me disculpé por la tardanza y pedimos dos cafés más.

—Qué tal, ¿cómo estás? —me preguntó con gesto preocupado mientras miraba mi bastón.

—Pues bien, ahí vamos. De momento no me ha tocado la lotería —dije un poco sarcástica, fruto de los nervios—. ¿Y tú?

—Yo bien, Salma, no me quejo. Con los achaques de la edad... —contestó con una sonrisa—. Aunque tú todavía eres muy joven para eso.

Era joven, pero quizá tenía más achaques que él, aunque tampoco había modo de saberlo. Cada cual manda en sus sufrimientos y los dolores propios son mayores que los del resto, pero objetivamente yo era la enferma y él solo más viejo que yo.

La conversación no fluía hacia ninguna parte, se notaba la torpeza de quienes no han intimado lo suficiente. El tiempo separados había pasado factura de algún modo, aunque ahora jugábamos a que nada de eso había ocurrido. En el fondo no éramos más que dos extraños que fingían no serlo hablando de lugares comunes.

—Tienes buen aspecto. Se ve que te tratan bien en Francia —dije.

Esa afirmación no era gratuita ni buenista, en realidad estaba cargada de dobles y triples intenciones. Para mí, Francia siempre sería «la otra» y el motivo por el que nos dejó.

—Sí, lo cierto es que no me tratan mal. —Hizo una pausa—. Pero aquí tampoco estoy nada mal —añadió.

Se detuvo y me miró a los ojos buscando una respuesta que no encontró. Me alegraba por lo que decía, pero no estaba dispuesta a ceder en mi orgullo. Cogí la taza con mi mano torpe, casi dejando caer el café, pero controlándola con la otra mano. Mi padre hincó sus ojos en la taza, yo le miré y enseguida retiró la vista al darse cuenta de que le había pillado. Removió su café y miró por la ventana de nuevo en busca de la inspiración que necesitaba para decirme lo que me iba a decir. Volvió la vista a mí.

—De Francia precisamente te quería yo hablar —soltó—. No sé si voy a poder volver en una temporada. Ahora tenemos una racha de mucho trabajo.

—Vaya… —No oculté mi decepción.

—Pero vendré a verte en cuanto pueda. Y, por supuesto, tú también puedes visitarme cuando quieras.

—Ya, claro —respondí sin ningún interés.

Ahora que parecía que nuestra relación empezaba a repararse, se truncaba de nuevo la esperanza. Saboreaba la decepción junto a los últimos posos de café que quedaban en mi taza. Quise irme a otra parte para ocultar mis emociones, pero me quedé donde estaba.

—Venga, Salma, no te pongas así —intentó calmarme sin éxito—. Además, tampoco parecías muy contenta de verme.

De pronto un puñal se me clavó en la tripa, un dolor muy similar al de la última vez que me la jugó. Quise decirle que me había vuelto a fallar, que, en cuanto podía, desaparecía, que ni siquiera se quedaba cuando le necesitaba y ponía la excusita del trabajo. Pero en lugar de eso no dije nada, consciente de que en el fondo nada había cambiado.

—Lo siento, Salma, no he querido decir eso —añadió arrepentido.

—Pero lo has dicho.

Miré mi bastón, mi nuevo compañero de viaje. Él no dejaría que me cayera; sin embargo, mi padre me iba a abandonar de nuevo, ahora que yo me encontraba frágil y vulnerable, ahora que yo volvía a necesitarle. No tendría que haberme hecho ilusiones, él tenía otra vida y yo solo era esa hija que tuvo muchos años atrás. Probablemente le daba pena por mi enfermedad y su conciencia no le permitía dormir por las noches. Por eso había venido, para limpiar su conciencia, pero tan solo era el espejismo de un padre que se marchó hace mucho tiempo.

Me levanté y salí antes de que las lágrimas se me escaparan delante de él.

17

El nido

Me las encontré haciendo gimnasia de mantenimiento, una especie de aerobic para abuelas. Subían los brazos como podían, no sin quejarse, no sin dolor, y algunas decidían tirar la toalla y mirar cómo lo hacían las demás sentadas en alguna silla. La Pepa movía los brazos con agilidad, su cuerpo delgado y esbelto había sido esculpido a base de mucho ejercicio, según decía ella misma. Parecía una bailarina envejecida, pero bailarina al fin y al cabo.

—Yo iba para campeona olímpica, pero eran otros tiempos. Tuve a mi hijo y no me quedó otra que dejarlo —contaba.

Mi abuela, algo más rolliza, movía los brazos, y la verdad es que le sobraba estilo y se esforzaba. Las piernas ya eran otro cantar, así que esa parte de la clase se la saltaba y aprovechaba para hablar con unas y otras. Me vio aparecer y, a juzgar por su rostro iluminado, se sintió salvada por la campana.

—Alhaja, qué bien que hayas venido. Anda, sácanos de aquí, que ya tengo agujetas.

—Agujetas en la lengua —dijo la Pepa, que llegó por detrás—. Porque anda que no casca tu abuela, ya lo sabes.

Envidié su relación, tan real, tan pura, tan sana. Echaba de menos a mis amigas, pero tal y como éramos antes de ponerme enferma. Ellas seguían con sus vidas como si nada y yo intentaba buscar una explicación a la mía. Entre los ingresos hospitalarios, las pruebas médicas, las visitas a la abuela y a mi madre, más los paseos con Coco, apenas me quedaba tiempo libre, y además me encontraba cansada, como si una losa me aplastara las extremidades y me costara lo que no está escrito ponerme en pie. Lo que antes hacía sin sacrificio y sin planificación, ahora se había convertido en un verdadero quebradero de cabeza.

—Pero ¿y ese bastón? —preguntó la abuela con preocupación.

—Pues, abuela, aunque ya estoy mucho mejor, lo llevo para cuando noto debilidad en las piernas.

—Bueno, pues cada una usa lo que más le conviene —intervino la Pepa—. Yo soy el bastón de tu abuela muchas veces y ella es mis ojos siempre.

Me pareció una frase para tatuarse. ¿No era ese el mejor concepto de la amistad, del apoyo mutuo, de los cuidados? Me enternecieron las palabras de la Pepa.

—Es verdad, abuela. ¿Ves? Todo el mundo necesita un bastón alguna vez en su vida, o unos ojos. —Miré a la Pepa—. Lo importante es que cada día me siento mejor.

Su rostro se iluminó y su sonrisa protagonizó el momento.

—Entonces ven, que te dé un cachete. —Y me propinó uno de sus particulares azotes llenos de cariño y dulzura.

Aprovechó para pellizcarme el culo, una costumbre que tenía para medir mi grasa y ya de paso mi felicidad—. Tienes que comer más, que te vas a quedar en los huesos.

—Sí, claro, pero si he engordado un montón. Con las magdalenas que me dais siempre y los táperes de mamá no hay manera de adelgazar.

—Ayyyy —dijo como desesperada por mi respuesta—. No comen nada estas chicas, si supieran el hambre que pasamos nosotras, ¿verdad, Pepa?

—Calla, ni recordarlo quiero —respondió la Pepa—. Pero ¿qué haces aquí que no te vas tú también por ahí de bailoteo? —preguntó.

Esa era una buena pregunta, pero difícil de contestar.

—Bueno, ahora me apetece hacer otras cosas, como por ejemplo venir a veros —dije, y luego las achuché.

—Qué nieta tienes, hija, es oro. No puedes tener queja.

—Nada, ninguna, es mi tesoro —convino mi abuela—. Pero no pierdas el tiempo aquí con nosotras y vive la vida.

—No pierdo el tiempo, abuela, esto es vivir la vida también.

—Bueno, pues siéntate aquí con nosotras, que empieza el *Pasapalabra* —me respondió.

Y eso hice, las acompañé mientras intentaban resolver las palabras del rosco y una regañaba a la otra y la otra a la una. Se habían convertido en una especie de matrimonio donde, a pesar de las discusiones propias de quien comparte demasiado tiempo, los cuidados y el mimo que se dedicaban estaban por encima de lo demás.

Esa misma tarde fui a ver a mi madre para contarle cómo había ido la cita con mi padre, mi idea del taller y todas las novedades. Le hablé de mi decepción, de cómo mi padre anteponía el trabajo, su otra familia, su otra vida, a estar conmigo, de que siempre yo era el segundo plato... Me puso un té chai sobre la mesa con unas galletitas de espelta, que eso curaba todos los males, según ella.

—Es que no entiendo que aparezca y desaparezca, me marea —dije angustiada.

—Ya lo sé, hija, ya lo sé. Yo también estoy disgustada porque pensaba que se quedaría más tiempo, pero ya sabes cómo es con el trabajo, se lo toma muy en serio. Y además no vive al lado, hay que tenerlo en cuenta.

—«Ya sabes cómo es» no vale para todo, mamá.

No compraba ese argumento. Mi padre no podía ir y venir a su antojo y desaparecer de mi vida cuando le conviniera solo por ser como era. Todos sus actos, desde bien pronto en mi historia vital, me habían marcado de una manera u otra. Crecí sin la figura paterna, tuve que hacerme a la idea de que no tenía padre por mucho que existiera en algún lugar del mundo. No comprendía que le defendiera siempre, y eso me generaba una ansiedad que me sofocaba el pecho.

—Lo entiendo, hija, lo entiendo... No sé qué puedo decirte, comprendo que estés molesta, pero seguro que las cosas se van solucionando. ¿Cómo va lo del taller? —preguntó para cambiar de tema.

—Pues he tenido una idea, pero voy a necesitar dinero, así que no sé si podré sacarla adelante. Me gustaría hacer el espacio más accesible para que cualquier persona pueda venir a mis clases.

—Hija, ya sabes que el dinero no es un problema. Por suerte, yo trabajo y tengo algo ahorrado y nada me haría más feliz que ayudarte.

—Gracias, mamá. Voy a pedir un préstamo al banco y, si necesito algo más, quizá sí te lo pida. Pero pienso devolvértelo, ¿eh?

—Vale, hija, vale, no te apures.

Di un sorbo al té e imaginé cómo iba a ser ese taller en el que empezaría una nueva vida llena de ilusiones y esperanza. El hecho de contar con la ayuda de mi madre hizo que me sintiera protegida, tranquila y a salvo, y no podía pedir mucho más a la vida en ese instante.

18

La llamada

Una llamada desde un número que no alcancé a ver porque estaba dormida y las legañas cubrían mis ojos me sacó del sueño profundo. «Será del hospital», pensé. Llevaba días esperando que me llamase la neuróloga. Con los ojos medio cerrados, descolgué el teléfono y contesté con una voz de ultratumba.

—¿Sí?

—Salmi... —Mi madre. Llorando. Eso sonaba a una mala noticia—. Es... es tu padre... —Tragaba saliva, intentaba terminar la frase, pero su hilillo de voz se escondía entre las lágrimas—. Ha tenido un accidente. Me ha llamado Carla, le tienen sedado y está en la UCI —sentenció al fin.

Como una ola que te golpea con toda la fuerza del océano, de pronto vino a mí una gran verdad: lo importante que era mi padre para mí, aunque me hubiera negado a reconocerlo durante mucho tiempo. Me lo imaginé intubado, en una habitación de hospital parecida a las que yo tan bien conocía: blanca, fría, con sábanas duras, muy bien planchadas. Sábanas que antes arroparon a otros, a otras heridas y otras luchas. También a recuperaciones, a vida, a partos, a luz. Me lo imaginé peleando por su vida como un pajarillo refugiado en su nido ante un huracán. Sentí calor en mi interior, algo me subía al pecho y me presionaba como un demonio encerrado. La ansiedad. Ahí estaba la condenada. Pero no iba a ganarme la batalla. Ahora tocaba ser valientes, hacer las maletas, llegar lo antes posible, estar a su lado, cogerle la mano, darle fuerzas y todas esas cosas que había visto cientos de veces en las películas lacrimógenas de la tele. Metí mi bastón plegable en la mochila por si pudiera necesitarlo. A pesar de que había tenido una asombrosa mejoría, a veces necesitaba apoyarme en él, especialmente cuando estaba muy cansada. Aunque lo llevaba sobre todo para sentirme segura, para saber que podía contar con ese apoyo en todo momento, en los peores momentos.

Mi madre llegó a casa con unas gafas de sol que le cubrían medio rostro y un bolso de mano. Iba un poco estrafalaria y supuse que era por las prisas. Yo me puse cómoda, algo que había aprendido a priorizar en mi nueva vida. Gracias, Rosalía, por imponer el chándal en nuestro día a día, qué haríamos sin ti. Coco nos miraba con los ojos abiertos como platos y se agitaba nervioso, imitando nuestros movimientos. Salimos para el aeropuerto. Mamá se había tomado un ansiolítico porque tenía fobia a volar, así que pronto le hizo efecto y empezó a moverse suave, ligera, hasta terminar dormida sobre mi hombro y roncando durante el viaje. En el avión me hice todas las preguntas que cabían en la duración del vuelo. También todas las culpas, los reproches y los ataques personales revolotearon en mi cabeza. Como si eso sirviera de algo a esas alturas, como si eso fuera a cambiar que mi padre estuviera intubado en París luchando por su vida. Sentía en mi mano una especie de descarga eléctrica, que era lo que me sucedía cuando algo me inquietaba. Era una secuela que se me había quedado del primer brote de EM, eso y la pérdida de sensibilidad, que no había recuperado del todo. Mi madre seguía roncando y yo, entre ronquido y ronquido, rumiaba la culpabilidad, un recuerdo, un desprecio o una promesa incumplida. «Me tenía que haber tomado lo mismo que mamá», me dije. Una turbulencia la despertó, y se recogió la babilla que le surcaba por la comisura de los labios.

—¿Ya hemos llegado? —preguntó atolondrada, algo sedada aún.

—No, mamá, todavía queda. Duérmete otro rato, yo te aviso si se cae el avión. —Me gustaba el humor negro en los momentos menos oportunos, era mi estrategia para hacer frente al miedo o al dolor.

Me hizo caso y segundos después volvía a caer sobre mi hombro, que ya empezaba a notar el peso y la carga.

Una vez en el aeropuerto, fuimos a toda prisa a por el primer taxi libre. Mi madre seguía algo desubicada, así que iba tirando de ella a la vez que trataba de descifrar las señales. No estudiaba francés desde el instituto y eso quedaba muy lejos ya, así que recurrí al traductor de Google. El trayecto del aeropuerto al hospital se me hizo muy largo y tuvimos alguna que otra conversación, mientras el taxista nos miraba de vez en cuando por el espejo retrovisor. Yo también le miraba e intercambiábamos gestos de desconcierto y curiosidad, ambos intentábamos comprender el lenguaje del otro. Mi madre, ya casi despejada, con un poco de resaca post-ansiolítico, le repitió varias veces la dirección del hospital pronunciando muy bien todas las letras y subiendo la voz, como si eso sirviera para que el señor taxista entendiera algo de lo que decíamos. Yo opté por darle las señas por escrito, me pareció bastante más fiable que nuestro francés de vacaciones en Benidorm.

—Dio varias vueltas de campana... Menos mal que enseguida pasó otro coche y llamó a emergencias, si no, no lo cuenta.

A veces me enternecía que hubieran sabido mantener el contacto durante estos años a pesar de la distancia y el abandono. Para amar hay que saber soltar, mi madre sabía muy bien lo que significaba el desapego y lo llevaba a la práctica. Seguía ciertas enseñanzas budistas relacionadas con el desprendimiento y le interesaban el altruismo y el bienestar de todos los seres, incluso cuando ese ser te ha dejado colgada con una niña de cinco años. Imaginé que no había sido fácil para ella llegar hasta ahí, debió de hacer mucho trabajo personal. Bien es verdad que lo del desapego lo llevaba peor cuando se trataba de desprenderse de la casa de muñecas en miniatura que coleccionó religiosamente durante más de un año por fascículos, o de las revistas de *National Geographic*, que ya solo acumulaban polvo sobre la repisa, o de vasijas huérfanas de flores pero llenas de trastos que iba escondiendo cuando aparecían las visitas. Todo podía tener una segunda vida, según ella. Sin embargo, solía decir que las personas duran un tiempo en nuestras vidas o, dicho de otro modo, que nuestras relaciones fluyen, como el agua. *Be water, my friend*, mi madre seguía los preceptos de Bruce Lee. Un bocinazo de claxon me sacó de mis pensamientos y me devolvió a la realidad.

—*Merde! Va te faire foutre! Salaud!*

—Pero, bueno, ¡tenga cuidado! —chilló mi madre.

No hizo falta mirar el traductor de Google para deducir que no eran palabras agradables las que salían por la boca del conductor. Una moto se había saltado un ceda el paso y el taxista tuvo que frenar en seco para evitar el impacto. Cuando se recuperó de la energía dedicada a insultar al motorista, giró la cabeza hacia nosotras, algo avergonzado.

—*Pardonnez-moi.*

—Nada, hombre, pero tenga más cuidado la próxima vez —le soltó mi madre en castellano, como si en lugar de en los Champs-Élysées estuviéramos en la Gran Vía de Madrid.

—*Oui* —respondió con concisión.

Mamá bajó la ventanilla, necesitaba aire para reponerse del frenazo en seco, la resaca y los lloros. Mi ojo se tiñó de esa neblina grisácea que aparecía en los momentos de cansancio y estrés. La pierna izquierda, «la mala», como la llamaron los médicos, se puso a realizar un baile espasmódico, doloroso e incomprensible, como la mayoría de los síntomas que habían decidido acompañarme y darme la lata. El taxista frenó entonces: ya habíamos llegado a nuestro destino.

El hospital era como cualquier otro, no importa en qué

país te encuentres. Cambia el personal médico y de enfermería, pero en esencia es exactamente igual: los goteros, las vías, las mascarillas de oxígeno, las gasas, los guantes, las jeringas, los pañales, las sábanas, el olor a productos higiénicos. Las esperas y los silencios son igual de interminables.

Allí estaba mi padre, inmóvil y sedado, unido a la vida mediante tubos y vías que le mantenían respirando aunque en *stand-by*. Tenía la cara magullada y vendajes aparatosos por todos lados, pero parecía dormir plácidamente. Mi madre se agarró a él como lo hiciera tiempo atrás. Yo me acerqué despacio, como con vergüenza por llegar tan tarde a su vida. En el pasillo esperaba su otra familia, esa a la que yo había aborrecido tanto, la familia elegida, a la que deseé hacer muñecos de vudú durante la adolescencia. Ahora compartíamos el dolor y la esperanza, el miedo y el llanto, un lenguaje universal. Nos abrazamos sin decir palabra, no hizo falta tampoco añadir nada. Su mujer chapurreaba algo de español y nos vino a decir que papá se hallaba estable dentro de la gravedad, una expresión que no sé muy bien qué significa porque para mí es un oxímoron, pero, a juzgar por su rostro tranquilo, comprendí que la noticia era positiva. De pronto aquella familia, su familia, me pareció agradable y cercana: compartir el mismo dolor nos hacía cómplices. Aquellos días también compartimos desayunos, almuerzos y meriendas, y muchas horas en las que hablamos de nuestras vidas, de papá, de su pasado y su presente. Empezamos a conocernos y, de algún modo, sentí que todos éramos familia.

Me aferré a la idea de que papá se encontraba estable y

que pronto saldría de esa. Por primera vez en mucho tiempo, no era yo la convaleciente y eso me concedía cierto descanso, y también ventaja por lo mucho que llevaba aprendido en los últimos meses. Sabía moverme dentro de los hospitales. Encontraba en ellos cierta tranquilidad si cabe, sobre todo por las noches, cuando ya solo suenan las máquinas de oxígeno y las ruedas de los carritos de las enfermeras o los goteros golpeando el cristal. El hospital se había convertido a la fuerza en una segunda casa para mí y, como tal, intentaba hacerla mi hogar y habitarla. Conversar con las enfermeras era una de mis rutinas favoritas. Preguntarles por su familia, las vacaciones, qué tal su nuevo nieto, si su hija aprobó el examen de oposición… También nos preocupaban el estado de los hospitales y la sanidad, la falta de recursos y de personal. Los profesionales sanitarios eran mucho más que trabajadores de un hospital, eran una familia hospitalaria, gente con la que compartir nuestros malestares y fragilidades sin sentir juicio ninguno por su parte.

En esos días que estuvimos con papá recibí un mensaje de Saúl en el que me preguntaba por qué no iba a la rehabilitación, si estaba todo bien o me había ocurrido algo. Su preocupación me llenó el corazoncito de chispas de esas que encienden la mecha del enamoramiento.

«Vaya, lo siento mucho, aquí estoy para lo que necesites. Espero verte pronto 😊», me respondió cuando le conté lo del accidente de mi padre.

Yo también esperaba verle pronto, cada vez tenía más ganas de estar con él, de conocerle más y mejor, aunque los miedos también emergían a ratos y paralizaban esas mariposas que revoloteaban libres en mi estómago.

Papá tardó varios días en volver a la vida. Por suerte, mi madre pudo pedirse un permiso en el trabajo y yo no tenía ninguna cita médica. Su primera palabra fue «croquetas», o al menos es lo que nos pareció entender, ya que más que hablar balbuceaba. Las risas inundaron la habitación llena de flores y se cruzaron miradas de complicidad entre las dos familias, la nueva y la antigua. Cuando todos se marcharon a comer, yo me quedé al lado de mi padre, en una de esas sillas incómodas de hospital, con las esquinas del tapiz levantadas. Me acerqué y él me miró con sus ojos vidriosos, casi tan vivos como siempre. Esperó, como si supiera lo que iba a decirle, como si a pesar de los años mantuviéramos aún una conexión especial. El silencio lo impregnaba todo, salvo por la medicación del gotero que caía rompiendo en la superficie. Olía a linimento, a lejía, a algodón y a Betadine, pero también a papá.

—Papá… quería pedirte perdón —me atreví a decir finalmente.

Él me guiñó un ojo y tragó saliva. Luego me agarró la mano, esa mano suya ruda, solemne y firme, atravesada por los callos y el paso del tiempo.

—No tengo nada que perdonarte, Salmita. En todo caso, la que tienes que perdonarme eres tú a mí.

Una enfermera entró de pronto y menos mal, porque que ya habíamos llorado demasiado esos días. Hacía falta aire fresco en esa habitación y caras y lenguajes nuevos para pasar página hacia un tono más vivo.

—*Excusez-moi, je vais mettre les médicaments* —dijo, jeringa en mano.

Mi padre asintió y se tumbó, dejándose hacer. Y ahí, al lado del cuarto de baño de la habitación, estaba él, Bruce Lee, mirándome fijamente a los ojos y recordándome algo que me hizo sonreír: «Vacía tu mente, adáptate, como el agua. Sé agua, amiga». Y yo le hice caso.

Unos días después, mi madre y yo tomamos el avión para volver a casa. Su otra familia cuidaría de mi padre, aunque tendría que pasar por una larga rehabilitación y les esperaban meses duros. Quedamos en hablar por videollamada y dijimos que, en cuanto pudiéramos, volveríamos a Francia para verle. A él y a mis nuevos hermanos. Los conocía aún poco, pero la situación nos había unido. Me prometí ponerme las pilas con el francés para entendernos mejor y que las conversaciones fueran más fluidas. Ahora que mi relación con papá había vuelto a su cauce, previsiblemente todo sería más sencillo y eso incluía también vernos más a menudo. La enfermedad o los accidentes a veces llegan para ordenarlo todo y poner las cosas en su sitio.

19

La Pepa

A la vuelta de Francia, me fui directa a la residencia para ver a la abuela. Al llegar, me la encontré en la sala común, donde algunos veían la televisión y otros charlaban entre sí. También había una señora, Rogelia, que repetía casi siempre la misma frase en bucle.

—Mala pécora, devuélvemelo. ¡Eusebio es mío! —Y apretaba los puños.

Al principio llamaba la atención, pero ya se había convertido en parte del decorado y nadie se inmutaba ni se ofendía.

En la televisión había uno de esos programas matutinos en los que todo es drama, caos y pánico, y mi abuela me miró como si la estuviera rescatando de un naufragio.

—Ay, alhaja, qué alegría verte. ¿Cómo estás?, ¿cómo está tu padre?, ¿y tu madre?, ¿y el perrito?

Ella preguntaba por todo y por todos y se preocupaba de que a nadie le faltara de nada. Tenía la cabeza «en su sitio» y una memoria que a veces asustaba al común de los mortales, pues recordaba los cumpleaños y los santos de todos nosotros y de los nuestros.

—Están todos estupendamente, abuela. Coco se quedó con mi amiga Elia.

—Ven, dejemos este bullicio, vamos a la habitación a ver a la Pepa y así la saludas, que está pachucha.

—¿Y eso?, ¿qué le pasa?

—Pues unas anginas, que la han dejado un poco debilucha a la pobre. Si es que somos muy viejitas, ya sabes, y nos pasa de todo.

—Venga, vamos a verla. —Y puse mis manos sobre los manillares de su silla y la conduje hacia el ascensor.

—Mala pécora, devuélveme a mi hombre —nos despedía Rogelia mientras abandonábamos la sala.

Al llegar a la habitación me encontré a una Pepa pálida, con una pérdida de peso considerable. Me llamó mucho la atención verla tan chiquita bajo su ropa, despuntando los huesos como alambres en punta. Se me encogió el estómago, estaba muy cambiada. Intenté no hacer ningún comentario que pudiera contrariarla, como si no me hubiera dado cuenta del cambio que había sufrido su cuerpo. Aun así, ella tenía casi la misma vitalidad y alegría de siempre, sobre todo cuando recibía visita, lo que por desgracia no ocurría a menudo, algo que ella solía achacar a que su familia no tenía tiempo porque trabajaban mucho. En mi caso, cuando iba a verlas, prolongaba al máximo el encuentro de la pena que me daba irme, porque sentía que, en cierta manera, las estaba abandonando en medio del desierto. Ojalá pudiera cuidar de ellas yo misma, ojalá las tuviera cerca a todas horas para saborear cada segundo de sus últimos días. Ojalá volviera la vida de antes, cuando el tiempo permitía cuidar con mimo y atención; ojalá llegara una nueva vida que nos dejara horas de sobra para quienes más queremos. Ese tipo de abandono circunstancial es el mismo que vi la primera vez que fui a la protectora de animales a buscar a Coco (que entonces no se llamaba Coco porque no tenía nombre) y tuve que dejarlo allí unos días para que le pusieran las vacunas y lo tuviera todo en regla para incorporarse a la civilización humana. Recuerdo su carita en la jaula mientras me iba, sus ojos pidiendo que no me fuera, que no lo dejara allí rodeado de otros que, como él, dormían cada noche esperando una oportunidad, un nuevo cobijo lleno de amor y cuidados. No es que en la protectora no se les atendiera, al revés, hacían todo lo posible y más para que tuvieran una buena calidad de vida, pero no daban abasto, la mayoría eran voluntarias que hacían horas extra que restaban a sus vidas. Recuerdo que ese día sentí algo similar, el abandono, el querer hacer más, no solo por él, sino por el resto de sus compañeros que se apilaban los unos sobre los otros entre ladridos y sollozos. Existe una extraña conexión para mí entre las residencias y las protectoras de animales, suelen ser lugares que pasan desapercibidos para la mayoría social y donde cualquier visita o acompañamiento son muy bien recibidos y recompensados. Yo y mi obsesión por el abandono, ¿de dónde me vendrá? Es una pregunta retórica, obviamente. Cualquier experto en psicología o incluso cualquiera que se haya leído un manual de autoayuda para *dummies* sabrá a estas alturas mi conexión con el abandono y por qué me marcó tanto. Tal vez por eso no soporte ver a otros seres, ya sean humanos u otros animales, abandonados u olvidados.

—Hola, Salma, ¿eres tú, verdad?

La Pepa no veía un pimiento, pero tenía afinado el oído con la precisión de un reloj suizo. Lo que había perdido en los ojos lo había ganado en los oídos.

—Sí, Pepa, soy yo. Vengo a haceros compañía un ratito.

—Qué bien, qué suerte la nuestra. Pues nada, esta es tu casa, ya lo sabes. Ponte cómoda. ¿Has visto qué cuerpazo se me ha quedado? Ya puedo ser una top model como Claudia Schiffer.

En realidad dijo Claudia «Chifer». Yo me reí por lo bajini, aunque tampoco lo habría dicho mucho mejor que ella.

Rompió el hielo y la risa descongeló el ambiente, algo que necesitábamos en ese momento. La Pepa se incorporó en la cama y se acomodó el pelo algo despeinado, llevaba un corte estilo *garçon*.

—Hija mía, si hubieras avisado me habría puesto mi traje de gala, qué lástima que me veas de esta guisa —soltó con una risa fina—. Espera, que me coloco bien las caderas y me levanto.

—Anda ya, pero si estás guapísima, Pepa. Eres guapísima —corregí—. No hace falta que te levantes.

—Ay... qué simpática es tu nieta, Goya, pero qué mentirosilla también. Aunque por mí puedes mentir todo lo que quieras, hija, no seré yo quien te lleve la contraria. Sé lo estupenda que estoy, una pena que no pueda verme.

Nos reímos las tres. Sin embargo, lo decía de corazón. La Pepa tenía esa belleza que los años habían erosionado como a una roca, pero no era vulgar en absoluto, se intuía por la forma de su cara y sus facciones que había sido una mujer profundamente guapa y con mucho éxito entre los hombres. Se movía además con una delicadeza y una soltura que le aportaban aún más singularidad, era una de esas personas que tenían el don de deslumbrar al resto.

—Hoy no tenemos magdalenas para darte, pero hay rosquillas —dijo entonces mi abuela con la felicidad de una niña a la que le regalan un chupachups—. Eso sí, son sin azúcar, que las monjas nos tienen castigadas. Qué más les dará lo que comamos, si para lo que nos queda en el convento...

—Abuela, no digas eso, anda... —la regañé.

—Pero si es verdad... No pasa nada, alhaja, Dios me llevará pronto con tu abuelo y haremos paella los domingos en el santo cielo. Además, ahí arriba no nos va a faltar de nada, el marisco será del bueno, que ahí no se pasa hambre. Y azúcar, montañas y montañas de azúcar, porque, total, ya no podremos morirnos —remató a carcajada limpia.

Me apenaba la abuela y su certeza sobre el más allá, aunque por otro lado me consolaba que fuera a irse de este mundo en paz. Ojalá tuviera sus mismas creencias, y pudiese vivir y morir en calma, con la convicción de que hay alguien más ahí que te cuida y te protege. Si de algo sirven las creencias es para poder dormir y morir con tranquilidad.

—Bueno, cuéntanos, ¿y de novios qué? Porque pretendientes no te faltan, eso seguro —dijo la Pepa mientras cogía una de sus bufandas a medio tejer y empezaba a echar puntos con una rapidez pasmosa.

—No, no, qué va, pretendientes ninguno. Están ya todos reservados, Pepa. Y entre unas cosas y otras no he tenido tiempo —fingí, más que nada porque no se me ocurrió otra excusa.

—Hay que ver cómo sois las chicas de hoy en día, no tenéis tiempo para nada. Yo, como quien dice, crie a mis hermanos y no me faltó tiempo para conocer a tu abuelo en el baile. Él, que en paz descanse, sí que se acostaba muy pronto, porque antes del amanecer ya se iba al campo y se pasaba toda la mañana arando y lo que tuviera que hacer de sol a sol. Qué lástima... Dios lo tenga en su gloria.

A mí, sacar a Coco a la calle ya me parecía toda una proeza, sobre todo los días de lluvia, por lo que toda mi admiración iba para nuestras abuelas, que criaban niños siendo ellas casi unas niñas también.

—Bueno, a ver, os voy a contar... He conocido a un chico, pero no somos novios ni nada de eso.

Ahora sí les faltó tiempo a la Pepa para dejar su labor y a la abuela para soltar las rosquillas que estaba sacando de la caja en la que venían empaquetadas con cuidado. Toda su atención estaba puesta en mí.

—Es que ya no es como antes, ahora no hace falta ser novios para hacer el chiqui chiqui ¿sabes? —le dijo mi abuela a una Pepa cómplice. Rieron las dos, cual amigas adolescentes que comparten un secreto en el pupitre de la escuela.

—¡Abuela! —la reñí entre risas.

—Bueno... cuenta, cuenta. Ya decía yo que te veía un color sonrojado, ese tono típico del enamoramiento —respondió mi abuela.

—Pues es un chico de la rehabilitación, me está ayudando mucho a recuperarme.

—Lo importante, ¿huele bien? —preguntó la Pepa.

No me esperaba esa pregunta y tampoco creía que fuera algo importante, ni siquiera recordaba bien cómo olía.

—¿Por qué lo preguntas, Pepa? No sabría decirte.

—El olor es muy importante para enamorarse, lo escuché en un documental que pusieron en la televisión. Tú sueltas unas sustancias por el aire y el otro también, y si son compatibles es que hay amor, y si no, a otra cosa mariposa —explicó.

Esa era nueva, no me había planteado antes la compatibilidad de nuestras feromonas, pero me fiaba del buen criterio de la Pepa.

—Pues no lo sabía, Pepa, el próximo día me acercaré un poco más a ver si soy capaz de olerle bien. Gracias por tus sabios consejos.

—No hay de qué.

Sus caras fulgurantes, risueñas, esperando con ansia el siguiente chisme que alimentara sus horas muertas… mi corazón acelerando a cada palabra que pronunciaba recordándole a él. A pesar de que había intentado convencerme de que no era momento para líos sentimentales, no podía quitármelo de la cabeza. «Qué estúpida, si ni siquiera nos hemos enrollado. Parece que tenga catorce años», me dije. Pero era eso precisamente, ese espacio de incertidumbre entre el primer atisbo de interés y el primer beso, ese periodo de tiempo de desconocimiento, ese vaivén inevitable de emociones, lo que me mantenía enérgica, viva y, por primera vez, distanciada mentalmente de la EM, lo que, todo hay que decirlo, era un alivio para mí. Al principio me había imaginado una vida sin hombres ni ligues, como si el hecho de estar enferma no fuera compatible con la diversión y ser disfrutona. Menos mal que más pronto que tarde me di cuenta de que no hacía mal a nadie, y menos a mí, poner un poco de alegría erótico-festiva en mi vida. Decidí contarles algo más para que tuvieran entretenimiento y cuchicheo para rato. El salseo era mi regalo para que rellenaran el tiempo muerto, por eso no me corté a la hora de entrar en detalles.

—Se llama Saúl y es muy majo, buena persona, y tenemos gustos muy parecidos, hasta me ha dejado un vinilo de un grupo que nos gusta a los dos.

—Bueno, bueno, aquí hay tomate —soltó la Pepa llevándose la mano a la boca entre avergonzada y divertida ante el espectáculo que les estaba ofreciendo.

—No ha pasado nada entre nosotros, pero yo creo que sí me gusta. —Mientras pronunciaba estas palabras fui consciente de que era la primera vez que sentía algo así después de mucho tiempo en barbecho sentimental.

Me había dicho a mí misma que no era momento para enamoramientos, que debía centrarme en mí y en mi recuperación, pero esa era la parte racional; la parte emocional iba por su cuenta y no era tan fácil mantenerla a raya. Y el hecho de ver a menudo a Saúl, de sentir sus manos tocando la mía, no era la mejor medicina para la cura del amor, de eso no había duda.

—Hala, hija, no seas mustia. Queremos saber más, no nos vayas a dejar ahora con la miel en los labios —pidió la abuela, insaciable.

—No hay más, de verdad, que esto no es el *Sálvame*, pero ya os contaré si pasa algo. Os mantendré informadas.

—Vale... —respondió al fin, aunque no demasiado conforme.

—Bueno, tu abuela a lo mejor tiene algo que contarte también —soltó la Pepa de pronto.

La abuela dio un respingo, miró a la Pepa cabeceando y suspirando, como avergonzada por ser de pronto la protagonista de un jugoso cotilleo. Me enternecía ver cómo ambas se habían convertido en compañeras de viaje hacia el pasado, a los primeros años de coqueteo y adolescencia, el regreso a un lugar en el que todo es felicidad, sorpresa, juego y curiosidad.

—Anda, ¿qué me he perdido? —dije entrando en el juego.

—Pues que el Prudencio pretende a tu abuela, le ha escrito una carta de amor.

Uuuuuuhhhh, sonó, como en cualquier clase de adolescentes en un instituto cualquiera ante una noticia de semejante magnitud.

—Qué me dices, abuela, ¿es eso verdad? —quise saber.

Ella no soltaba prenda, de pronto se le había comido la lengua el gato. Orgullosa, cruzó los brazos mirando hacia otro lado, haciéndose la interesante. Yo intentaba guardar en mi retina cada uno de esos momentos irrepetibles, deseaba que se alargaran hasta la eternidad, que no terminaran nunca en un limbo infinito. Tiempo después, ahora que ella no está, intento estrujar en mi memoria cada uno de los instantes que vivimos juntas, mientras su imagen se va difuminando con el paso de los años como las olas van borrando las huellas de los pies en la orilla del mar.

—Nada, tontunas, que a la Pepa le gusta mucho inventar. Algunas tienen mucho tiempo libre y lo dedican a marujear —refunfuñó.

—Sí, claro, a la Pepa le gusta mucho inventar —la imitó con retintín—. Será mentira entonces que Prudencio te ha enviado una carta diciendo que se ha enamorado de ti —dijo mientras emitía una tosecilla que le dificultaba hablar con claridad.

—Abuela… ¿te la ha enviado o no? —insistí.

—Bueno… sí, pero es una tontería —confesó.

—¿Y qué pone?

—Pues que está enamorado de ella y que si quiere ir con él al baile —se chivó la Pepa ante la parsimonia y la contención de la abuela.

Era viuda desde hacía muchos años, yo ni siquiera conocí a mi abuelo. Así que me parecía bastante razonable que la mujer rehiciera su vida, fuera al baile y a donde quisiera ir, faltaría más.

—Abuela, ¿y a ti te gusta Prudencio?

—¡Anda ya! —protestó—. Dice muchas tontadas, y le gustan los toros y Manolo Escobar. Válgame Dios… con lo moderna que soy yo.

La Pepa y yo nos reímos de nuevo. Prudencio era lo de

menos en esta historia, la excusa de turno para que la Pepa, la abuela y yo pudiéramos entretenernos como niñas, cuchicheando, estirando las horas que pasábamos juntas entre magdalenas, pastas, rosquillas, dejando pasar el tiempo como si volara a toda velocidad sobre nosotras. A la Pepa a veces se le salía la dentadura de tanto reírse y a mi abuela se le montaban las costillas de las carcajadas que soltaba, y tenía que parar porque el jolgorio se convertía en una especie de dolorosa risotada, como cuando te haces daño en el hueso de la risa.

Yo nunca he entendido muy bien por qué se le llama «hueso de la risa», porque cuando me he golpeado ahí sin querer no me ha hecho ninguna gracia, pero digo yo que a alguien le habrá dado por reír y de ahí le viene el nombre. Entre nosotras no había momentos de congoja ni de desvelo; los traumas, las desgracias de la vida, los dramas pasados y presentes se quedaban en *stand-by* dentro de esa habitación. Supongo que intentábamos absorber y aprovechar el poco tiempo que a priori nos quedaba, siendo conscientes de que la caducidad apremiaba y casi ya quemaba en la punta de los dedos.

—Bueno, abuela, si no te gusta Prudencio no pasa nada, hay más peces en el mar.

—Claro, alhaja, eso es lo que yo siempre te he dicho. Me alegra que por fin me hayas hecho caso. —Me guiñó el ojo.

—Pero que sí le gusta, que tu abuela los mata callando.

La abuela volvió a cabecear y le tiró a la Pepa un trozo de rosquilla, aunque con tan mala puntería que le dio a la ventana, rebotó en el cristal y cayó al suelo. Fui a recogerlo y lo tiré a la papelera, mientras la risa me acompañaba en el camino.

—Esta amiga mía no tiene arreglo. —Hizo una pausa mientras bebía agua—. Y tus amigas, tesoro, ¿qué tal están?

—Pues las veo poco, abuela. Entre la rehabilitación y que ellas tampoco me llaman mucho últimamente porque están muy liadas…

—Pero qué liadas estáis todas, madrecita de mi vida. Pues, bonita, llámalas tú, no lo dejes, que las amigas son lo más importante que hay. Aunque luego no dejen de marujear. —Y miró a la Pepa, que se sonrió.

—Ya lo sé, abuela, pero muchas veces estoy cansada y me cuesta hacer todo lo que me gustaría, se me acaban las pilas… y lo único que me apetece es estar en el sofá con Coco viendo la tele.

—Ay, qué me vas a contar a mí, que tengo una artrosis que me tiene rotita —se quejó mientras se agachaba y se tocaba la pierna derecha.

—Vaya dos, parecemos familia. —Le devolví el guiño y acaricié su mano suave, hilvanada por venas que ocupaban la superficie de la piel como árboles que crecen y se ramifican sobre una ladera.

—Y tú, Pepa, ¿no quieres echarte novio? —me tomé la licencia de preguntar, para cambiar de tema hacia algo más amable.

—¿Yo? Qué va, bonita, yo me he hecho «lisbiana» de esas, que a mí los señores no me han dado más que disgustos.

Me arrancó una carcajada sonora que casi termina en

llanto por la confusión del vocablo, algo que les pasaba muy a menudo cuando hablaban de términos que no se usaban en su época, como «CD-ROM», «discman», «Twitter», «*influencer*»...

—¡Será «lesbiana», Pepa!

—Pues eso, que entienden de toda la vida, que son de la otra acera. —Se encogió de hombros con dignidad y se acomodó la rebeca sobre sus brazos flaquitos, que parecían alambres.

Y después de tanta risa, chismorreo y azúcar correteando por las arterias, nos quedamos tranquilas, como la cría recién alimentada está satisfecha, con esa serenidad fausta que nos mecía entre los rayos de luz que asomaban por la ventana despidiéndose a lo lejos, dando paso a la noche.

En ese momento tuve un mal presentimiento que no supe descifrar.

20

Dorothy y el camino de baldosas amarillas

Una *influencer instagramer* coaching motivacional veinteañera aseguraba que la fórmula mágica para recuperarse de una enfermedad estaba en creer en una misma y practicar el ayuno intermitente. «Con lo que a mí me gusta comer, algo me dice que ese método infalible para sanarme no es factible», pensé. También hacía yoga nada más despertarse y tomaba zumos depurativos de espinacas y piña cada día. «No renuncies a tus sueños, piensa en la ley de la atracción, desea algo con todas tus fuerzas y aparecerá en tu vida en un abrir y cerrar de ojos». Tomé nota y al día siguiente me levanté con la idea de desear muy fuerte que todo saliera bien. Me hice un zumo de espinacas como la diosa espiritual sugería, aunque a decir verdad me supo a rayos y no me lo terminé por más que lo intenté. Luego traté de hacer unos estiramientos de yoga sin mucho éxito, porque Coco decidió ocupar mi esterilla restregándose con todo el cuerpo como si quisiera impregnarse del olor que desprendía, y consiguió hacerse el dueño de ella echándome fuera. Por el ayuno intermitente no iba a pasar, así que solo me quedaba desear muy fuerte que Saúl me escribiera ese día, por eso de la ley de la atracción que decía la *influencer*, que consistía en algo así como concentrarse en la imagen de lo deseado para obtenerlo. Pero, oh, sorpresa, no ocurrió, lo que me hizo pensar que esa ley de la atracción hacía aguas, o que quizá no había entendido del todo bien el concepto.

En cualquier caso y siguiendo los consejos de mi sabia abuela, que era más tuna que cualquier *influencer* del momento, llamé a Elia.

—Tía, estás desaparecida, te echamos de menos —me soltó nada más oír mi voz.

—Es que entre lo de mi padre y que estoy un poco esclerótica... —contesté riéndome—. Nada, Elia, ya sabes, que estoy cansada casi todo el tiempo, eso hace que me queden muy pocas horas al día para socializar, pero eso no significa que no os quiera o no me apetezca estar con vosotras.

Mi intención era ser sincera, pero no sé si lo fui del todo. Al fin y al cabo, tenía más que ver con la forma de socializar, los planes compartidos, que con las personas con quienes los compartía. A ellas las adoraba, eso no iba a cambiar nunca.

—Pero nosotras podemos acercarnos a verte, tienes que ser más proactiva.

—Ser proactiva, ¿eso no es lo que preguntan los empresarios a la hora de contratar? Con lo sindicalista que tú eres... —dije para chincharla.

—Qué boba. Quería decir que puedes proponer cosas que te apetezcan o que puedas hacer —aclaró.

—A veces solo quiero quedarme en casa y no ver a nadie,

solo estar tranquila. Muchos días voy al hospital y acabo un poco cansada de todo, y no me apetece tener que dar explicaciones de esto, lo otro y lo de más allá. Entiéndeme, no quiero ser borde ni rancia.

—Lo entiendo, linda, pero creo que te vendría bien ver a las chicas, socializar un poco. Seguro que así no te encierras tanto en ti misma. No creo que te haga bien.

—Tienes razón —asentí, era evidente que lo decía por mi bien—. Haré todo lo posible para que nos veamos más. Y agradezco tu preocupación, soy consciente de que me estoy encerrando demasiado en mí misma. De verdad, gracias por recordarme una vez más el camino de baldosas amarillas.

—Te quiero, mi Dorothy.

Al día siguiente, sin ir más lejos, nos juntamos en La Rayuela para tomar el aperitivo, una tradición de lo más saludable, por mucho que eso la *influencer* no lo mencionara. A nosotras no nos había sentado mal ni una vez en los veintitantos años que llevábamos siendo amigas.

Nos encontrábamos en ese punto de la crisis de ya rozando los treinta, aunque siendo mujer todo es crisis, para qué vamos a engañarnos: que si no tienes pareja, que si tienes pareja y te ha puesto los cuernos, que si es un pesado o un baboso... Ahora tocaba el tema de las primeras arrugas, el sobrepeso y demás mandatos del sistema.

—Bueno, chicas, tengo algo que contaros —anunció Pili.

Todas posamos nuestros ojos en ella, aunque no hizo falta que continuara porque ya sabíamos por dónde iban los tiros, y es que, como imaginábamos todas, Pili había conseguido su objetivo de ampliar la familia, la tribu, la manada. Por fin había logrado quedarse embarazada después de la odisea que habían pasado: la dictadura del calendario lunar, probar todas las posturas del Kamasutra, tomar ácido fólico en cantidades ingentes, omega-3, subir las piernas después de tener sexo, hincharse a diente de león y raíz de maca y, sobre todo, gastarse un pastón en el proceso. Habían pasado las doce semanas preceptivas y ya podía desbloquear el logro para dar la noticia. En cualquier caso, nos lanzamos a besarla porque su éxito era para nosotras una victoria compartida. Después le acariciamos la barriga aunque ahí dentro solo hubiera un garbancito liliputiense, pero simbolizaba la raíz de la esperanza y del futuro, la germinación de un proyecto que llevaba mucho tiempo gestándose y que casi termina con su matrimonio y con ella completamente desquiciada. Nos alegramos mucho por ella, y desde ese instante se convirtió en una especie de ser de luz, o una plantita delicada a la que todas teníamos que regar y cuidar, evitar que le diera mucho el sol o que el frío de la noche pudiera helarle las hojas; algo así como un tamagotchi, para que nos entendamos. Nos sentíamos como una manada protectora de nuestra nueva cría, aunque no tuviéramos mucha idea del tema, pero para eso estaban los tutoriales en YouTube y la sabiduría popular, que era el conocimiento de nuestras madres y abuelas. En definitiva, nos convertimos en lo que viene siendo un auténtico grano en el culo para ella porque es lo que tiene ser la primera madre del grupo.

—¿Y qué va a ser, niño o niña?

—Todavía es pronto para saberlo, estamos de muy poco.

Me hizo gracia el «estamos» porque, en todo caso, el embarazo era de ella, pero siempre se ha incluido a los hombres en esa afirmación, supongo que para hacerles más partícipes del proyecto o algo así.

—Yo creo que va a ser niña, por la forma de la tripa. La tienes redondita y eso quiere decir que va a ser niña —adivinó Mati.

—¡Pero si todavía no tengo tripa!

—Ya, pero mi madre siempre les dice eso a mis cuñadas cada vez que se preñan. Redondita para las niñas y en punta para los niños —insistió Mati.

—Ay, hija, qué basta eres, ni que fuéramos vacas. «Preñan», dice… —Cabeceó para sacarse esa idea de la cabeza como quien intenta quitarse una mosca de encima.

—Bueno, un poco sí lo sois, sobre todo con esa obsesión de dar el pecho que os meten en la cabeza en el club de las buenas madres —refunfuñó Elia.

—Ya veremos si le doy de mamar o el biberón, que a mi hermana le costó mucho que se «enganchara» el bebé y no veas qué mal lo pasó, la pobre. Se pilló una depresión posparto del quince.

—Tú no pienses en esas cosas, no le hagas caso. Ahora a cuidarte y a cuidar al pollito, que para eso estamos nosotras también —terció Mati.

Mientras las escuchaba, en mi cabeza revoloteaban las preguntas que me hice la última vez que nos habíamos visto. Esa pulsión irrefrenable de plantearse la maternidad, la descendencia, lo que muchas defendían como el momento más pleno de su vida, su razón de ser y de estar en el mundo. De pronto me asaltó la duda: de no tener descendencia, ¿quedaría incompleta? Esas cuestiones me inundaban el cerebro y se retorcían dentro de mí como una araña buscando la tela, produciéndome una sensación de vacío y desasosiego, de precipicio, de miedo, de confusión.

—¡Vas a ser tía, Salma! —me rescataron de mi embobamiento.

—Eso estaba pensando, qué emoción más grande —sobreactué.

No es que no me alegrara por ella, por supuesto que sí, pero mis propios monstruos se habían hecho con el protagonismo de la historia. Yo, que nunca me había planteado la maternidad, porque era algo completamente secundario en mi vida, veía que de pronto aparecía con fuerza, como los primeros vientos del mes de noviembre o una tempestad en alta mar. Eso era el reloj biológico, el arroz pasándose, el instinto maternal o algo de lo que se hablaba menos: la presión social o cultural. Decidí no prestarle más atención en ese momento y aferrarme a la idea de que sería una tía postiza que querría con locura al bebé que pronto daría sus primeras patadas dentro de la barriga de una de mis mejores amigas.

Ellas ya estaban mirando en Instagram modelitos de ropa para bebés y la verdad es que había cientos. «Menudo negocio el de la natalidad», pensé yo. Y, dicho esto, abrí mi Instagram y vi un bodi de los Rolling Stones chulísimo, que guardé en mi carpeta de favoritos para comprarlo cuando el bebé hubiera nacido. No sabía cómo me encontraría cuando esa personita viniera al mundo, si mi salud me acompañaría o no, pero quería formar parte de su vida, el tiempo que fuera, como fuera; quería estar.

Tomé la iniciativa porque quería darles una explicación que les debía desde hacía meses.

—Chicas, yo quería aprovechar para pediros perdón.

—Anda ya, ¿perdón por qué? —exclamó Mati, quejándose.

Todas fijaron su atención en mí, sorprendidas por mis palabras.

—Bueno, porque llevo un tiempo algo ausente y no es por vosotras ni nada de eso. Es que con la enfermedad estoy más cansada y siento que no puedo seguiros el ritmo como antes.

—Entonces la culpa es nuestra por no habernos dado cuenta y adaptarnos al tuyo —dijo Elia.

—No, no digas eso, no es culpa de nadie. Simplemente las cosas han cambiado, pero estoy segura de que siempre tendremos momentos como este para encontrarnos. Solo quería explicaros cómo iba un poco esto. Ya no soy la de antes, supongo.

—Eres la misma de siempre. Y menos mal —intervino Pili.

¿Era la misma de siempre? Yo pensaba que no. Y eso en esencia tampoco era malo del todo, pero suponía grandes cambios en mi vida, algunos más difíciles o dolorosos que otros, pero cambios al fin y al cabo.

—Gracias, chicas, por ser como sois y por vuestra comprensión.

—Gracias a ti por sincerarte con nosotras. Te echamos de menos, pero queremos darte tu tiempo y tu espacio —expresó Elia.

—Sí, Salma, lo siento. No era cuestión de atosigarte, pero siempre nos tendrás aquí, ¿vale?

—Venga, a brindar —dijo Mati, que no perdía ocasión de darle al *drinking*.

—Eso, a brindar, que tenemos motivos para hacerlo. Y alegra esa cara, que a tu sobri no le va a hacer ninguna gracia verte así cuando nazca. A este paso, vas a tener la cara más arrugada que la suya —me regañó Pili.

Me hizo ilusión eso de ser tía postiza, fue una razón más para seguir adelante, una de los más poderosas: una nueva vida en nuestra familia elegida. Brindamos mientras el sol se ponía por el asombroso y velazqueño cielo de Madrid.

—Bueno, qué, ¿y no tienes nada más que contarnos? —preguntó Mati.

—¿Nada de qué? —Me hice la tonta.

—Pues no sé, alguna cita en Tinder, algún médico buenorro o algo… algo de salseo —insistió.

Me entró la risa.

—Pues en el hospital nada de nada, son muy profesionales, no están para el tonteo. Y por Tinder ya me pasé unas cuantas veces y la verdad es que hay poco que rascar. Como entretenimiento está bien, pero es poco práctico a la hora de la verdad.

—Bueno, para echar un polvo está bien —intervino Elia.

—Eso sí, para un aquí te pillo aquí te mato viene de maravilla —dijo Pili.

—Pero ¿qué sabrás tú, si llevas años casada con el mismo? —añadió Mati con más razón que una santa.

Nos reímos todas.

—¿Y qué tendrá que ver? Es lo que me cuenta mi hermana, que está todo el día dale que te pego quedando con unos y con otros, la tía. Dice que a veces se ve con tres el mismo día.

—Pues no, ese no ha sido mi caso —dije riendo.

—Entonces ¿nada de nada? —insistió Mati.

—Qué pesada eres, tía —la regañó Elia.

—Bueno, a ver, he conocido a un chico, pero no es de Tinder, es de la vida real.

—¿Veees? Ya lo sabía yo… Si es que me lo huelo… ¡Cuenta, cuenta! —exclamó Mati.

—Hala, tía, qué calladito te lo tenías —añadió Pili.

—Pero, pero… ¡no me habías dicho ni mu! ¿Quién es? —preguntó Elia con cara de sorpresa.

—Pues nada, es un fisio de la rehabilitación muy majete. A ver, que no ha pasado nada, no os flipéis. Solo me gusta un poco y ya está.

—Pero va a pasar, va a pasar y pronto —dijo Mati.

—¿Eres adivina? —pregunté con ironía.

—¿Quién podría resistirse a tus encantos? —contestó Elia.

—Eso digo yo —dijo a su vez Pili acariciándose su incipiente tripita.

—Pues no lo sé, la verdad... Estoy enferma, no creo que eso sea muy atractivo para alguien...

Saqué uno de mis miedos, esos que tenía escondidos en lo más profundo, pero que necesitaba soltar de algún modo. Estaba asustada, necesitaba compartirlo con ellas y al fin pude hacerlo. Una lágrima resbaló irremediablemente por mi mejilla.

—Anda ya, no digas tonterías —me regañó Elia mientras me abrazaba—. Eso no se te ocurra decirlo ni en broma.

—Pero es verdad, ¿quién desearía estar con alguien como yo? Esta es una enfermedad neurodegenerativa, no quiero ser una carga para nadie y nadie va a querer comerse este marrón.

—Eso es una auténtica estupidez. Perdona que me enfade, pero es que estoy con Elia. No digas eso ni en broma. ¿Tú no estarías con alguien que tuviera una enfermedad? ¿Me estás diciendo eso?

—¿Yo? Sí, yo sí, a mí eso me da igual, obviamente.

—Pues ya te estás respondiendo, igual que tú estarías con una persona aunque estuviera enferma, puede pasar lo mismo al revés —añadió Pili.

—Es que me imagino en una cita y me aterroriza el momento de confesar que tengo EM —me atreví por fin a decir.

Pili asintió comprensiva y Elia me acercó su mano. Me sentía reconfortada a su lado.

—Sé que es una tontería, y que esta es la nueva Salma y debería comenzar a aceptarlo, pero ese paso me cuesta. Supongo que por eso no he quedado con nadie en este tiempo. Y, bueno… con Saúl, con él es distinto precisamente por eso. Porque él lo sabe desde el principio, así que no tengo que estar ocultando quién soy y me siento bien, me siento yo misma, sin trampas ni trucos.

—Pues entonces no le des más vueltas, deberías lanzarte —sentenció Mati.

—Eso —dijo Pili.

—Eso —repitió Elia.

Los avances con Saúl habían sido lentos, ya que nos veíamos en un lugar que se presuponía serio, profesional: él estaba trabajando y yo intentando mejorar mi salud. No era un espacio para flirtear o ligotear, pero siempre se me escapaba alguna mirada o una sonrisa dirigidas a él, no podía evitarlo. Él hacía lo mismo, pero era más cuidadoso y discreto. Una parte de mí quería lanzarse, pero otra estaba asustada, tenía miedo al rechazo o al abandono.

—No sé, no sé si estoy preparada…

—Pero si te gusta, eso es lo importante, no le des más vueltas y déjate llevar —dijo Mati.

—Bueno, ya encontraré la manera y si tiene que llegar, llegará.

—Lo primero es que te saques de esa cabecita esas tonterías que dices, que te vas a envenenar con esos pensamientos tan autodestructivos —añadió Elia.

Tenía razón, a veces mi cabeza era mi peor enemiga, los pensamientos negativos me cegaban y no me dejaban avanzar como era debido. Por suerte, tenía unas amigas que me

devolvían a la realidad y me daban fuerzas y ánimos para seguir adelante. Nos fundimos en un abrazo las cuatro y todos
los problemas, todas las preocupaciones se esfumaron por
un momento.

21

La arcilla

Esa tarde de junio el sol cegaba mis ojos y las calles parecían un centro comercial en domingo, con gente desordenada por todas partes. Saúl miraba su móvil, algo que solía hacer cuando se ponía nervioso.

—Perdona, respondo este mensaje y ya. Es que se me ha olvidado decirle a Sole una cosa de la programación de la semana que viene.

Asentí, estaba perdonado. Habíamos salido pronto de la rehabilitación y quiso acompañarme hasta el metro. Vimos una terraza y me propuso tomar algo antes de irnos, a lo que accedí sin pensarlo demasiado. Todavía resonaba en mi cabeza el eco de la conversación con las chicas.

Poco a poco me iba sintiendo cómoda con la idea de salir más de casa, la mejoría de mis piernas hacía que estuviera más segura a la hora de caminar por la calle. Seguía llevando mi bastón plegado en la mochila, ese artilugio había llegado para quedarse y darme la tranquilidad necesaria.

—Bueno, ¿y cómo va el proyecto?

—¿Te refieres al taller?

Asintió mientras daba un sorbo a su cerveza. Tenía esa manera de mirar profunda e intensa que me inquietaba y me dejaba sin habla, pero intentaba no darle demasiada importancia y hablarle como si nada, para no parecer idiota o algo así.

—Claro, al taller. Seguro que ya va viento en popa —añadió.

—Pues ahora ando con temas burocráticos de permisos y demás. Pero estoy muy contenta, pedí un préstamo al banco y estoy esperando a ver si me lo conceden.

—Si necesitas algo, ya sabes que puedes contar conmigo, ¿no? —Puso su mano sobre la mía. Mis ojos miraron su mano y él la retiró al darse cuenta.

—Sí, claro, muchas gracias. De momento espero que me den el préstamo; si es que no, cuento contigo para el robo en plan *La casa de papel*.

Soltó una carcajada, me gustó hacerle reír. Volvió a mirar el móvil. Parecía estar pendiente de algo o de alguien, y eso me estaba empezando a generar ansiedad. No tenía la suficiente confianza para preguntarle y eso lo ponía más difícil. El teléfono cortaba el buen rollo que estábamos creando en esa charla, era una barrera comunicativa para los dos.

—Bueno, para eso cuenta conmigo también, soy un hacha abriendo puertas blindadas.

—¿Ah, sí?

—Claro, tengo buenas manos.

Eso no necesitaba jurarlo. Me hizo gracia imaginarnos como Bonnie y Clyde, aunque esperaba que no con un final tan funesto. Volvió a sonar su móvil. Esta vez era una llamada y Saúl se puso algo incómodo, o al menos fue la impresión que me dio. Maldije por dentro.

—Perdona, tengo que cogerlo.

Asentí forzando una sonrisa. Se fue a unos metros de distancia. Solo hacía aspavientos y parecía preocupado o molesto, o las dos cosas. Me dio tiempo a terminar mi cerveza y pedir otra. Cuando iba por la tercera, él seguía hablando. De vez en cuando me miraba y me pedía perdón con gestos. Yo me estaba impacientando y, justo cuando buscaba mi cartera en el bolso para pagar y marcharme, apareció a mi lado, con el rostro pálido y algo desencajado.

—Perdóname, de verdad. Te debo una, ¿vale?

—No, no hace falta, ¿ha pasado algo?

—Nada, asuntos sin importancia —zanjó.

Me molestó lo hermético que resultó ser conmigo, como si no confiara en mí, como si todo lo que yo imaginaba sobre nosotros fuese tan solo eso, cosa de mi imaginación. Vino el camarero y dejó la cuenta sobre la mesa.

—Otro día te lo compenso —añadió.

Asentí de nuevo. Me encontraba algo perjudicada después de las tres cervezas que me había bebido sola, pero no lo suficiente como para volver a preguntar por la llamada. ¿Quién sería?, ¿tendría pareja? Quizá sí y yo me había montado una película sobre nosotros que no iba a ninguna parte. Me acompañó al metro y eso fue todo. Me marché con el runrún en la cabeza y muchas ideas envenenadas revoloteando a mi alrededor.

Llegué a casa malhumorada y acalorada. Habían pasado varios meses desde el último brote, cuando me pusieron los bolos de corticoides en el hospital, y había ganado sensibilidad en las piernas aunque los calambres no habían cesado y tenían la manía de aparecer para recordarme que estaba enferma. Especialmente cuando estaba nerviosa, y ese era el caso. Con algo de medicación pude controlarlos, aunque siguieron una buena temporada ahí, latentes, como queriendo decir: «Ey, tía, que estamos aquí. No te flipes, sigues enferma». A veces los escuchaba, pero casi siempre los ponía en *mute* para poder seguir con mi vida y avanzar.

Nadie te enseña a vivir, como nadie te enseña a encajar el golpe de la enfermedad; simplemente ocurre. No estamos diseñadas para entender ciertos conceptos, en ocasiones ni para aceptarlos, solo los vivimos como el resto de las cosas con la mayor naturalidad posible. Cada una lo hace como puede, no creo que nadie sea mejor que nadie en esto de tener una enfermedad, y sobre todo no creo en las luchas, eso se lo dejo a los nostálgicos de Rocky Balboa. Después de todo, aprendemos la importancia de la normatividad y el desconsuelo de lo roto, lo tullido. Nadie viene a verte a casa cuando te duelen las piernas o estás cansada, no sabemos lidiar con lo deforme o lo herido. Por suerte tenemos una amplia oferta audiovisual y cultural para pasar esos ratos. Y a veces nosotras no queremos presentarnos en sociedad como seres descompuestos o lastimados, no vaya a ser que se nos devuelva una sombra de lo que somos más distorsionada aún. Mejor quedarse en casa con los libros y el perro, los amigos que me acarician cuando el resto no. Tampoco yo acariciaba todo lo que me hubiera gustado, así que tomé la decisión necesaria.

Me sentía preparada para volver a amasar. Mi mano quizá ya nunca sería la misma de antes, pero empezaba a aceptarlo, por lo que decidí darme una segunda oportunidad con la alfarería, con nuevas técnicas pero con la misma pasión. En mi salita había un trozo de arcilla que me esperaba descansando sobre la repisa. La había dejado ahí la última vez que hice un trabajo y desde entonces no me había atrevido ni a mirarla de cerca. Tan solo había podido jugar con algún trozo que me quedaba por ahí suelto, dando algunos cortes y moldeándola en la mano a modo de rehabilitación, pero no conseguí hacer nada serio. Ahora coqueteaba con esa pieza como un amante poco experimentado. Me acerqué con torpeza, como suele ocurrir en las primeras veces. La saqué del envoltorio y la puse sobre la mesa de trabajo. La empapé con la yema de los dedos y poco a poco me fui entregando como si hiciera el amor con ella, primero despacio y después alternando con una intensidad mayor. Con las manos embadurnadas de arcilla, sintiendo distinto, ni mejor ni peor, solo distinto, entendí que ese era el viaje hacia mi propia verdad y que no había hueco para otra que no fuera esa. Después de mucha entrega, por fin nació el primer jarrón de mi nueva mano, y lo celebré abriéndome una botella de vino que guardaba en la despensa para una ocasión especial. Mientras daba unos tragos observé la pieza y comprendí que esa era mi nueva yo, que la aceptaba y la protegía como una rapaz hace con sus crías para que luego alcen el vuelo. Mi cuerpo iba a ser otro, más patoso, más lento, más dolorido, pero había decidido reconciliarme con él y darle una segunda oportunidad. La vida era hacer las paces con la vulnerabilidad.

Mientras tanto, en su casa, mi madre bailaba salsa a la vez que calentaba el agua para cocer pasta. Con ese ritmo brasileño en cada giro de cadera y de piernas, también regaba las plantas con el espray vaporizador, encendía una barra de incienso de palo santo y limpiaba alguna mota de polvo que reposaba despistada sobre la mesa del salón. Cantaba una canción de Caetano Veloso e imaginaba a un amante en su cueva ofreciéndole una copa de vino tinto y haciéndole el amor muy lento. Ese amor que no llegaba la impedía sosegarse en las noches solitarias, pero calmaba su ansia con la salsa y la lectura empedernida. Se abrazaba a un libro como quien se une con pasión a un compañero entre las sábanas revueltas. En todo eso pensaba cuando sonó el teléfono. Era yo.

—Mamá, lo he conseguido —dije con la voz de la victoria.

No hicieron falta más palabras para que supiera que su hija había vuelto a hacer lo que daba sentido a su vida, y no existía alegría más grande que esa.

Ese jarrón, que no fue ni de lejos la mejor de mis obras, sí supuso el comienzo de una nueva vida que empezaba a gustarme.

Los días posteriores convertí la casa en un pequeño taller donde practicaba, hacía jarrones, platos, vasijas de barro cocido, floreros... Ya me faltaba espacio para guardar todo lo que iba haciendo. Al principio con lentitud, después recuperando casi del todo la agilidad y la rapidez con que lo hacía en el pasado, antes de que la EM irrumpiera en mi vida. Por fin me había reconciliado con mi mayor pasión.

22

El banco

Mi padre estaba de vuelta. Esta vez sí había cumplido con lo prometido, venir a verme cuando estuviera recuperado. Él, con su gabardina francesa, ahora apoyado en un bastón de madera. Yo, con algún traspié que otro, casi recuperada pero no lo suficiente, a decir verdad, algo que cada día que pasaba aceptaba un poco más, especialmente desde que llevaba mi bastón doblado, por lo que pudiera pasar. En la vida nunca sabes qué va a ocurrir y eso asusta, pero comprendí que eso era precisamente la vida, una sorpresa continua con sus baches y sus alegrías. Estaba aprendiendo que debía aceptar lo que viniera y siempre dentro de mis posibilidades. Al fin pude volver a moldear mi arcilla y eso me llenaba de esperanza e ilusión, hacía que el resto de las cosas menos positivas no tuvieran tanto protagonismo en mi vida. Y ahí estaba con mi padre de nuevo, después de tanto tiempo, algo que nunca imaginé que ocurriría. Empecé a entender también que todos cometemos errores, como mi padre hizo en su día, pero estaba lista al fin para darle una segunda oportunidad. En algún momento mi padre fue joven, yo una niña, bajo ese sol abrasador, con la orquesta de chicharras cantando de fondo. La vida había vuelto a juntarnos y aprovechábamos para jugar con nuevas cartas, esperando que esta vez no estuvieran marcadas. No éramos los mismos, eso estaba claro, quizá lo único que perduraba de aquel verano era nuestro vínculo familiar. Había pasado el tiempo y nos había transformado, masajeado como a la arcilla, y ahora éramos otros en un presente más calmado. Mi padre hablaba de fútbol, él seguía siendo del Atlético de Madrid aunque viviera en Francia, supongo que hay costumbres que no se pierden nunca y no entienden de fronteras. Decía que la nueva alineación no le convencía, que el nuevo entrenador no tenía agallas y que desconocía el espíritu del equipo y no sentía los colores, y yo hacía como que me estaba enterando aunque, la verdad, no comprendía un pimiento, pero me gustaba verle hablar con tanta emoción, así que fingía que me interesaba mucho lo que contaba. Su olor seguía siendo el mismo a pesar del arrumaco del tiempo y movía las manos como acariciando el aire, con movimientos pausados y delicados. Me sentía como en casa, aunque los muebles fueran otros y la decoración hubiera cambiado. Tenía que disfrutar de ese instante, porque si algo me había enseñado la enfermedad era que el mañana no existía, era un espejismo o un enigma. Me aferré fuerte a los instantes, sintiendo mi respiración como una maestra que me guiaba en esta nueva etapa. Dejé la vida caótica y efímera para centrarme en las pequeñas grandes cosas. Y ese encuentro con mi padre era uno de esos instantes que la vida me había regalado, así que pensaba aprovecharlo.

—Bueno, ¿y qué? Tienes ganas de volver a lo tuyo, ¿no?

—Sí, muchísimas ganas. —No pude esconder mi entusiasmo.

—Cuenta conmigo para lo que necesites. —Hizo una pausa—. Ya lo sabes. ¿Tienes todo listo?

—Gracias, papá. Sí, ya está casi todo preparado para abrir. Solo quedan algunos retoques finales y el día de prueba que he organizado con las personas interesadas en formar parte de este nuevo proyecto.

—Qué bien suena eso, Salma. —Otra pausa—. Verás, sé que no he sido el mejor padre del mundo... —empezó a decir, y se detuvo en seco en una calle soleada y apartada del tráfico. Se acomodó las gafas de sol con algo de torpeza al tener una mano apoyada en el bastón.

—Bueno, no digas eso, hacemos lo que podemos, como el Atleti. —Le guiñé un ojo. No se me ocurrió mejor paralelismo para explicar la situación.

—Yo era joven y estaba muy enamorado, pero no sé si ahora hubiera hecho lo mismo. A ver si me entiendes, quiero mucho a Carla y a mis hijos, pero creo que si volviera a aquel momento no me iría de aquí, no te dejaría sola. Me equivoqué.

—Bueno, no estuve sola, estuve con mamá y la abuela —le corregí.

—Ya, eso es verdad. Han hecho un gran trabajo contigo, mira en lo que has convertido. Estoy muy orgulloso de ti —decía mientras una emoción parecía quebrarle la voz.

Lo cierto es que yo no tenía muy claro en qué me había

convertido. A veces somos un reflejo de lo que los demás ven, pero ¿sabemos quiénes somos realmente? Pero me emocionó ese reconocimiento por su parte, supongo que siempre había querido ser algo importante para él, fuera lo que fuese ese algo. Simplemente quería estar en su agenda, como sus hijos, Carla y el Atlético de Madrid. Ahora por fin yo tenía ese protagonismo en su vida, la EM y su accidente nos habían acercado y reconciliado.

Había un banco allí cerca y mi cuerpo se deslizó para descansar. A mi padre también le pareció buena idea porque caminar con bastón es agotador. Hubo una vez en que los bancos fueron para mí un mero elemento decorativo, donde si acaso sentarse mientras hacíamos botellón en la plaza del Dos de Mayo de Malasaña, quizá un sitio para tumbarse si ya llevabas unas copas de más o donde liarse con el chico de turno. Pero nunca lo concebí como un lugar para descansar, que es para lo que están ideados. Por fin usaba un banco para su verdadero propósito.

—También eché de menos ir al estadio de fútbol, no te creas. Sobre todo el año del doblete —añadió para dar una nota de color.

Nos reímos.

—¿Hasta cuándo te quedas? —pregunté.

—Me tengo que marchar mañana… —dijo con pena—. Pero no me pierdo el día de tu presentación, ese fin de semana estaré aquí y quizá, si todo sale bien, venga con los chicos. ¿Te gustaría?

Eso no me lo esperaba. Su familia, que ahora era también

la mía, vendría a Madrid. Y por primera vez en mucho tiempo sentí que era una persona muy afortunada, que los astros se habían alineado para darme muchas alegrías juntas.

—Me encantaría, claro que sí.

El banco era viejo y estaba sucio, pintarrajeado con excrementos de paloma y orines de perro en los bajos. Pero estaba bien, todo estaba bien y en orden. El sol intentaba cerrarnos los ojos con sus rayos y una fina brisa nos acariciaba la cara con la misma delicadeza que una madre a su hijo. Todo estaba bien porque volvíamos a estar juntos. Le pregunté si me acompañaba al taller, los albañiles estaban haciendo un buen trabajo y quería que viera cómo estaba quedando. Aceptó encantado y nos marchamos hacia allá, con toda la ilusión posible por enseñarle mi rincón favorito del mundo.

23

La chaqueta

Era verano, tiempo de despedidas en el trabajo y en los centros de estudio por las inminentes vacaciones y el parón al que obligaba el periodo estival. En la sala de rehabilitación se acordó organizar una cena para los pacientes y los trabajadores, algo que me pareció estupendo porque me llevaba muy bien con todos, aunque no sabía cómo proceder con Saúl después de la última vez. Así que llegado el día decidí hacer algo que suele funcionar: dejarme llevar y no tener demasiadas expectativas. Tenía que aceptar que Saúl era un nuevo amigo que me estaba ayudando mucho en mi recuperación, igual que Sole, y que eso era al fin y al cabo lo más importante.

Cenamos, bailamos, reímos y Gabriela nos cantó *Despechá* de Rosalía con una voz luminosa y profunda. Néstor nos enseñó lo bien que bailaba desde su silla de ruedas, dando vueltas en círculo en una especie de *break dance* mientras entonaba estrofas de rap. Todos dábamos palmas, Sole movía el esqueleto al son de la música, con un tono cada vez más rojizo coloreando sus pómulos, salpicados por sus rizos salvajes.

Saúl se acercó a mí en varias ocasiones, como queriendo

decirme algo con la cercanía de su cuerpo, que prácticamente podía sentir rozándome las caderas. Imaginé ese momento de los dos cuerpos formando solo uno, con la novedad de dos pieles encontrándose por primera vez, descubriéndose en cada recoveco, como dos animales que acaban de cruzarse y tratan de descifrarse.

—¿Qué tal lo estás pasando? —me preguntó.

—Muy bien, ¿y tú? —grité entre la música de la discoteca, que sonaba a todo trapo y distorsionaba las palabras.

—Yo genial, un poco pedo ya, no me escondo —dijo perdiendo la compostura, pero lo justo para seguir siendo él mismo.

No supe muy bien qué decir o hacer, ¿soltarme y ponerle al corriente de mis sentimientos? Pero ¿y si la de aquella llamada, el día de las cervezas, era su novia? Debía esperar a que él me mandara alguna señal antes de actuar.

—Oye, quería pedirte perdón por lo del otro día, estuve muy ausente por el maldito móvil.

—Bueno, seguro que tenías asuntos importantes que atender, no pasa nada.

—No, bueno, sí era importante. Es que verás…

Me imaginaba lo peor, claramente iba a hablarme de su novia y toda esa magia inventada se haría pedazos, porque todo había sido una ilusión, una paranoia que me había montado en la cabeza.

—Que no tienes que darme explicaciones —le corté.

—Sí, yo creo que sí tengo que dártelas. Porque eres muy especial para mí.

¿Lo era? De pronto las mariposas regresaron a mi estómago con toda su fuerza y energía, volvía a haber esperanza, quizá mi idea no era tan descabellada después de todo.

—Lo que ocurre es que mi abuela está enferma y tengo que estar supervisando sus curas y los cuidados que le están dando. Como trabajo tanto, me es imposible estar con ella, aunque me encantaría, porque para mí es como una madre. El otro día había un problema con una medicación y me llamaron del hospital para preguntar lo que estaba tomando. Fue un caos. Te pido disculpas por haberte dejado sola.

Me quedé alucinada. Jamás, ni en mil años, me hubiera imaginado que hablaba con alguien del hospital. En mi imaginación había una chica, la novia perfecta, sana, activa y jovial. Mi cabeza había sido mi propia enemiga durante esos días, y me había impedido seguir mi instinto y mi intuición.

—Lo siento mucho, Saúl, no lo sabía.

—Claro que no lo sabías, ¿cómo ibas a tener alguna idea? Pero ahora ya lo sabes, te he contado una parte importante de mi vida, por eso digo que eres especial.

«Especial». Había vuelto a decir la palabra mágica, esa que no se usaba en Tinder y que llevaba tiempo sin escuchar. «Especial» era la palabra que me devolvía la esperanza y que me hacía sonreír cual adolescente con las hormonas disparadas. Esa era la señal que estaba esperando, era el momento de atacar, de lanzarse a la piscina en tres, dos, uno…

—¿Te vienes fuera a dar una vuelta conmigo? —solté al fin.

Su cara fue un poema, claramente no se esperaba que fuera a disparar tan rápido, me había saltado unos cuantos capítulos. Lo hice sin pensarlo, guiada por el instinto más básico y menos racional. Después de todo, yo era feminista y se me presuponían un coraje, un valor y un empoderamiento que debía demostrarme. No iba a andarme a esas alturas con rodeos de donjuanes y princesas conquistadas.

Pero su silencio me hizo arrepentirme y replantearme la pregunta, lo que me llevó a tragarme mi empoderamiento y hacerme chiquitita, encogiéndome, replegando filas hacia la rendición.

—Bueno, o no, no sé. He metido la pata, perdona... —intenté rectificar con una inseguridad que hablaba ahora por mí.

También me arrepentí de decir eso. ¿Cómo que perdona? Los segundos se eternizaron y las dudas ganaron protagonismo hasta que por fin me dio una respuesta.

—Bueno, es que no tengo claro que sea una buena idea... —me pareció escucharle decir entre los acordes.

Me quedé muda. De pronto noté como si una polilla se me atragantara en la garganta. Me sentí ridícula, pequeña, y a él grande, impoluto, como esos gigantes de *El Quijote*.

—Quiero decir que no sé si nuestra relación fisioterapeuta-paciente nos lo permite —aclaró.

El enfado se apoderó de mí entonces. Maldije su exquisito cumplimiento de las normas absurdas. ¿A quién le importaban las reglas cuando estábamos hablando dar un paseo y pasar un buen rato? ¿Por qué las normas aparecían siempre para estropearlo todo.

—Entiendo —mentí.

—Que no es que no me gustes ni nada de eso, ya sabes que sí. —(¿Lo sabía?)—. Pero creo que podría suponernos un problema y ahora lo importante es tu salud.

—Solo te he invitado a dar una vuelta, no te he pedido matrimonio —estallé.

—No, no es eso, jolín. Pero es que no quiero perjudicarte en tu recuperación.

Su paternalismo me agotaba, él creía saber lo que era mejor para mí, pero en realidad solo pensaba en salvar su culo y no meterse en líos. Tiempo después lo comprendí, pero no esa noche, nublada por los efectos del alcohol y la pasión irrefrenable que me provocaba su presencia.

—Bueno, pues nada, me voy yendo entonces. Yo sola —remarqué lo último para ver si cambiaba de opinión, cosa que no ocurrió, tal fue mi nulo poder de seducción.

—Pero no te enfades, ¿vale? No quiero que esto estropee lo nuestro —añadió.

¿Lo nuestro? ¿Qué era exactamente lo nuestro?, me pregunté. Lo nuestro era algo que no tenía ningún sentido, algo que yo me había imaginado, una película que me había montado. Maldito Walt Disney, cuánto daño nos ha hecho a las mujeres a la hora de inventar príncipes azules que no existen.

—No, claro que no me enfado —fingí con una sonrisa dibujada en la cara—. Bueno, me voy a casa, que se ha hecho tarde y estoy cansada.

—Vale… pues ya nos veremos en rehabilitación.

Se acercó a mí y me dio un cálido beso en la mejilla que

pretendía ser largo, pero fue corto porque yo me aparté para dejar claro que ya no tenía interés en él, aunque ni yo misma me lo creyera. Lo único que deseaba era irme a casa, estaba avergonzada por haberle entrado de esa manera y quería esconderme en mi refugio lejos de todo y de todos.

En la calle, ya había caminado unos cuantos pasos cuando él salió del garito y me gritó:

—¡Salma!

—¿Qué? —le respondí dándome la vuelta.

—Te has dejado la chaqueta.

La decepción al escuchar sus palabras me devolvió de nuevo a la realidad.

—Ah, vale, gracias. —Me acerqué a por ella, esta vez mirando al suelo, sin cruzar la mirada con él en ningún momento, con un andar mecido por la cerveza, como una pelota perdida en medio del mar.

Desaparecí de su vista lo más rápido que pude, y no supe si se quedó mirándome mientras me desvanecía en el horizonte porque no giré la cabeza. De nuevo, me había dado un vuelco el corazón y me sentí estúpida por haberme imaginado con él. Ahora tendría que explicarle a la abuela y a la Pepa que no, que nuestros olores desde luego no eran compatibles, que era una relación paciente-trabajador, una relación comercial como otra cualquiera. También tendría que contarles a las chicas que yo tenía razón y que nadie se iba a enamorar de mí jamás. Según iba aligerando el paso me dio por pensar que tal vez se tratara de una excusa, que lo que había detrás de sus palabras en realidad era miedo, miedo a estar con una enferma como yo. Mi cabeza estaba siendo mi peor enemiga otra vez y traté de convencerme de que me decía la verdad, y de no ser así quizá fuese mejor que cada uno fuera por su lado. Mejor sola que mal acompañada, es lo que dice el refrán popular, ¿no? Me había flipado creyendo que nuestra historia sería como la de los protagonistas de *Anatomía de Grey*, pero esto se parecía más a la vida real, sin doctores macizos que tras veinticuatro horas de guardia tienen la cara más luminosa y despierta que se haya visto jamás, por mucho filtro de Instagram que nos pongamos.

24

El abanico

Habían pasado unos días y, después de mucho esfuerzo, ya estaba casi todo listo para la apertura del taller. Habíamos hecho una prueba previa con las personas interesadas en acudir y formar parte del proyecto. Muchas de ellas tenían diversidad funcional, otras eran neurodivergentes o tenían problemas de salud mental, y algunas sentían dolor y querían trabajarlo a través de la terapia que podía aportarles la alfarería. Había sido una experiencia hermosa porque, cada una con sus diferentes formas de hacer, habían sido capaces de encontrarse a sí mismas a través del contacto con el barro. Finalmente tuve que pedir un préstamo más al banco para que la sala fuera accesible, pero qué podía hacer, la recompensa sería mucho mayor, mi sueño se iba a hacer por fin realidad si no fallaba nada más. Habían sido meses de trabajo y muchas gestiones para llegar hasta ahí, para que las chicas pudieran asistir, unas ya conocidas, la mayoría nuevas, algún chico que también se apuntó a las clases y mi querida Gabriela, que tantas ganas tenía de empezar. Ver girar todos esos tornos fue una emoción catalizadora y sanadora para mí, todo parecía marchar bien. Mi mano, aunque no era la de antes, al fin estaba en contacto con lo que más amaba y podía enseñar mis conocimientos al resto para que pudieran sentir lo mismo que yo. Nos ayudábamos las unas a las otras, había un esfuerzo colectivo por entender las dolencias o las dificultades que tenían las demás a la hora de amasar o de poner el torno en marcha. Había cooperación, pero sobre todo muchas ganas de aprender y disfrutar de esa magia que nos regalaba el contacto con la arcilla y de crear con nuestras propias manos.

Esa misma tarde, al terminar la primera clase-prueba antes de la apertura oficial del taller, fui a la residencia para hacer compañía a la abuela. Me había llamado esa misma mañana llorando y supe que debía estar a su lado.

Sobre la colcha de la cama de la Pepa yacía un abanico cerrado. Había fallecido la noche anterior mientras dormía y se había ido sin darse cuenta, con un suspiro entrecortado, como quien pasa de un sueño a otro. Me la imaginé entonces disfrutando de sus torrijas de leche y vino en otra dimensión, o en otra esfera o con su dios. Fuera donde fuese, estaría con esa sonrisa suya difuminada por los años y el tiempo pero que aún conservaba su esencia. Pocas cosas habían hecho enmudecer a mi abuela. Una fue la pronta pérdida de mi abuelo mucho antes de lo que tocaba y ahora la de su mejor amiga, que tanto tardó en llegar a su vida.

—Abuela, come un poco. Mira, te he traído tus galletas favoritas.

Me miró sin ver, con sus pensamientos en otra parte.

Luego volvió a mirar hacia la ventana como queriendo atraer algo que estaba fuera.

Las más mayores solían encargarse de las más jóvenes ofreciéndoles comida, demostrando su amor a través de lo meramente fisiológico, pero era difícil tener éxito a la inversa. La abuela negó con un gesto de la mano. Ahora miraba el abanico como quien mira un enigma que intenta resolver sin mucho éxito.

—No quiero, alhaja, gracias.

—Abuela, lo importante es que la Pepa se ha ido sin sufrir...

Me miró fijamente y asintió. Por un instante pensé que iba a decir algo, pero enmudeció.

—Quiero decir que, aunque por desgracia nos ha dejado, al menos se ha ido sin sufrir al final —intenté explicarme.

—Sí que es verdad, se quedó frita mientras rezaba. Ha muerto hablando con un conocido.

—¿Con quién hablaba, abuela?

—Pues con quién va a ser, con Dios. Hablaba con Dios. Mejor hablar con alguien que se conoce; no como el abuelo, que murió el pobre más solo que la una. —Miró el abanico como buscando consuelo—. La pena es que ahora me quedo yo así de sola también, por mucho Dios al que rece.

—Abuela, no digas tonterías. No estás sola, nos tienes a nosotras —la reprendí sin dureza.

—Ya me entiendes...

—Te entiendo. —Qué decir cuando tenía razón, no había nada más que añadir—. Yo a veces también me siento un poco sola, abuela, pero luego pienso en ti y en mamá y se me pasa —dije finalmente.

—Bueno, ¿y cómo ha ido con el muchacho ese? —soltó de pronto.

Aproveché su pregunta para llegar a ella y aliviar algo el dolor de las heridas. Quería distraerla, llevármela conmigo a otra parte más liviana, más agradable.

—Ay, el muchacho ese… Pues pasó que al final no ha querido nada conmigo, como todos.

De pronto un wasap encendió la pantalla negra del móvil. Era de Saúl. Mis ojos se quedaron fijos en la pantalla, como queriendo abrir un regalo que aún no puede abrirse porque todavía no es el momento.

—¿Qué pasa? Te has quedado como un pasmarote.

—Nada, nada.

—Venga, dime, ¿quién es?

Las abuelas son brujas, igual que las madres. Intenta engañarlas que nunca lo conseguirás.

—Es él…

—Anda, no me digas, ¿el muchacho que te gusta? ¿Y a qué estás esperando para leerlo? —Los ojos de mi abuela parecieron recobran su brillo.

Tenía razón, para qué esperar más. Fuera lo que fuese, mejor saberlo cuanto antes. Con el estómago encogido, abrí el mensaje:

«Perdóname, me dio miedo, pero significas mucho para mí, ¿podemos volver a vernos?». Y después un emoticono besando el corazón.

—Bueno, ¿y qué te dice? Pero cuéntamelo, mujer, que no tengo toda la vida —dijo bromeando.

Me alegré de verla siendo ella misma, con las penas aparcadas por un momento.

—Pues que le perdone, y que quiere verme.

—Qué bien, chiquilla. Claro, si es que tú vales un montón, cómo no va a querer verte, sería un necio. Qué pena que la Pepa no esté aquí para enterarse, con lo contenta que se pondría y lo que le gustaba a ella un chisme.

—Ya, abuela… —Qué más podía añadir. Cogí su mano y la acaricié, porque a veces a través del tacto podemos decir más que con las palabras.

Ambas nos quedamos en silencio mirando el abanico que descansaba sobre la cama de la Pepa, justo al lado de la bufanda que no llegó a terminar. Desbloqueé el móvil y leí de nuevo el mensaje de Saúl.

«Vale, nos vemos mañana», respondí.

25

La casa de barro

Llevaba demasiado tiempo esperando ese día. Lo había planificado con todo el empeño y las ganas que podían caber en una sola persona. Estaba ilusionada, como cuando de niña se acercaba el día de mi cumpleaños, con piñata, tarta, sándwiches y gusanitos para todos. Ojalá se pudiera habitar eternamente en esos recuerdos amables sin conflictos ni tensión, tan solo diversión y despreocupación. Por fin llegó el día y no podía estar más feliz y esplendorosa. Al menos eso es lo que percibieron mamá y papá cuando vinieron a recogerme a casa y aparecieron con un ramo de rosas amarillas tan grande como sus sonrisas. También estaban los hijos de mi padre, que ahora eran mis hermanos, y me hizo mucha ilusión su presencia.

—Hoy es un gran día, Salma. Enhorabuena, te lo has currado mucho, te lo mereces —dijo mi padre con esa rotundidad suya, ya recuperado del todo del accidente.

—Hija, estás hermosa, desprendes luz de tan feliz que pareces. Estoy muy orgullosa de ti —añadió mi madre.

Supongo que eso es algo que en general quieren las madres y su sueño se había hecho realidad. Y con el suyo, también el mío. Fui más consciente que nunca de que era a ella a quien debía mi vida y mi felicidad. Ella había estado ahí en cada tropezón, en cada caída, en cada decepción, pero también en cada ilusión, como la que me movía en ese momento. De hecho, ella fue quien me introdujo en el mundo de la alfarería.

—Hija, apúntate a cerámica, yo te lo pago. Te va a venir muy bien, es una delicia y muy relajante —me había animado cuando cumplí los dieciocho, y después ya no pude parar.

Por fin hacíamos un buen equipo que se entendía y se respetaba, como si no hubiera pasado entre medias una eternidad. El tiempo nos dio la serenidad que alcanzan las cosas, como la manzana que madura o el vino en barrica que gana sabor con el paso de los años. Volvíamos a ser nosotros: papá, mamá, yo, la sandía, el parque, el columpio, el helado, el mantel de cuadros en el suelo, la nevera azul con asa blanca que teníamos todas las familias. Los gusanitos desparramados por el mantel, y la sandía, la cerveza y la Coca-Cola enfriando en el río. La sal que se nos había olvidado, el vinagre que se les había olvidado a los del mantel y la nevera azul de al lado.

De camino al local fuimos a recoger a la abuela, que no se había arreglado tanto desde su boda.

—Alhaja, no todos los días tengo guateques como este.

Nos reímos. Mi abuela estaba radiante, mi felicidad era la suya y viceversa, supongo que en eso consiste quererse. Vestía como visten las más jóvenes, con colores alegres y joviales, y eso le restaba unos cuantos años.

—Hay que dejar el negro, eso es cosa de antiguas. Bastante luto tenemos ya como para ir apagadas por la calle. Ya sabes que yo, antes muerta que sencilla.

Llevaba también un collar que le regalé yo hacía tiempo y su alianza, que no se quitaba nunca. Se le había quedado pequeña con los años, hundiendo la piel que cubría.

En el coche se puso a recordar momentos vividos, como cuando conoció al abuelo en el baile, el hambre que pasaban en la posguerra, cuando nací yo, lo mal que comía y que ella se eternizaba conmigo bajo las moreras del parque de Aluche mientras mis padres trabajaban. Nos hablaba del disgusto que tenía mi madre porque no me crecía el pelo de lo poco que comía. También de las vitaminas que me mandó un médico por lo mismo, de cuando me metí el plastidecor en la nariz, la primera vez que nadé en la playa, en Gandía, con mi prima Patricia. El algodón de azúcar de la feria, la noria, después los coches de choque porque ya no pegaba eso de ser cursi. La abuela nos contaba cómo hacer unas buenas torrijas y no lo que vendían ahora, «una porquería», decía. Papá, atento a la conducción, escuchaba también con atención, soltando alguna que otra risa o un «es verdad» o un «no me acordaba de eso». Mamá, animando como siempre la conversación, le daba bola a la abuela para que siguiera contando recuerdos. Yo hacía lo propio, aunque ahora me arrepiento de no haber tirado más del carrete, de no haber podido saberlo todo de ella y del resto de mis antepasados.

Cuando llegamos al local ya nos estaban esperando en la puerta. Elia, Pili, Mati, Gabriela, Sole y Saúl. Ahí estaban todos, sonrientes, hablando entre ellos como quien espera a la novia en una boda, despreocupados pero con emoción. Y allí estaba yo, bajando del coche, pletórica, feliz como hacía tiempo que no me sentía, completa, radiante como el día que hacía, presidido por un cielo azul infinito y deslumbrante.

Llegaron los besos, los abrazos, las felicitaciones y los «¿estás nerviosa?» de turno. Sole y sus interminables rizos colgando por las mejillas, Gabriela y su delicadeza de mariposa, Saúl expectante, como quien va a un concierto de su grupo favorito, las chicas mirándome con esa complicidad que otorgan los años. Abrí la puerta con los nervios de la primera vez, sin atinar al principio, a pesar de tener la mano cíborg bastante recuperada después de las largas sesiones de rehabilitación. Finalmente conseguí abrir. Mi torno, tal y como lo había dejado, me estaba esperando. Las chicas habían traído picoteo y bebidas para todos, así que empezó la celebración. Bailamos, cantamos, hablamos durante horas, reímos e hicimos todas las cosas que suelen hacerse en este tipo de eventos. Toda esa gente maravillosa había venido a verme y yo no sabía si estaba preparada para tanto amor y atención, pero seguí el juego entendiendo que si me amaban, si estaban ahí por mí, era porque de algún modo yo era importante en sus vidas, y eso me llenó de regocijo. Mati terminó pedo como siempre, Pili bailó luciendo una incipiente tripilla, y mi padre y mi madre se retiraron con mi abuela, que tenía toque de queda en la residencia.

—Que si no viene la Benemérita a por mí y me lleva al cuartelillo —dijo riendo mi abuela, orgullosa y cansada a partes iguales.

Nos quedamos los más nocturnos o entregados. Entre ellos Saúl, con su mirada intermitente desde una de las esquinas del local, bajo una luz penetrante. De vez en cuando le devolvía la mirada y así, poco a poco, íbamos alimentando la llama. A veces nos pillábamos en ese juego adolescente de las miradas; otras nos hacíamos los interesantes, para que tuviera más intriga el asunto. Entre las copitas de más y las miradas, el calor iba en aumento y finalmente, en una de esas que me pilló sola, decidió acercarse.

—Oye... que... enhorabuena. Estarás muy contenta, ¿no? Qué tía —me dijo con esa precisión y esa fineza que le caracterizaban, pero esta vez saliéndose algo más del guion, con esa frescura que otorga tomarse alguna que otra copa de más. También lo decían sus mejillas sonrojadas.

—Sí, la verdad es que estoy flipando un poco, pero sin vosotros no habría sido posible abrir de nuevo.

—Anda ya, esto lo has hecho tú solita, no te quites mérito. Nosotros solo hemos acompañado en el camino.

—Muchas gracias por venir —dije sonrojada.

—Qué menos, no todos los días me invitan a eventos tan interesantes, y menos chicas como tú...

Chicas como yo. Había oído bien, chicas como yo. De pronto una llama imparable se encendió en mi interior, se cargaron las pilas de mi cuerpo, como si una extraña fuerza de la naturaleza se apoderara de mí.

—Vaya... muchas gracias —dije entre risas que pretendían humildad—. Seguro que tienes muchas citas. —¿Qué más podía decir? En ese momento no se me ocurría nada mejor que añadir.

—Qué va, a mí no me quiere nadie. Aunque a mí solo me interesa una.

—¿Y quién te interesa? —me hice de rogar.

¿Y qué vino después? El beso, el campo de lavanda, el romanticismo al que estamos acostumbrados. Pero, bueno, lo cuento igual.

—Pues tú, boba, ¿quién va a ser si no?

—¿Yo? —Y me hice precisamente la boba, porque ya era bastante obvio a esas alturas.

Sin pensarlo demasiado, y siguiendo los gestos que me hacían mis amigas desde una de las mesas del local imitando un beso, me lancé a sus labios. Me supieron a nuevo, como saben todos los labios que besas por primera vez, estaban calientes y olían a cebada y lúpulo. Mis amigas parecían conformes, a juzgar por sus gestos de aprobación con guiños y dedo pulgar en alto. Él me abrazó con el ímpetu de quien lleva demasiado tiempo esperando ese momento, tanto que ahora sería complicado separarnos por una larga temporada. Volvía a descubrir la sorpresa de un cuerpo nuevo, un aliento, una saliva, el olor a sudor bajo la colonia discreta, los brazos con los tríceps marcados bajo las mangas de la camisa. Percibí de nuevo el gozo y la pasión en partes del cuerpo que creía dormidas como mi mano o mis piernas, incluso en mi mano derecha, que le acariciaba la barbilla y sentía su incipiente barba de tres días.

—Ya era hora —le dije medio en serio, medio en broma.

—Eso digo yo. —Me la devolvió con toda la razón del mundo.

—Quiero decir que había demasiada tensión sexual no resuelta, ¿no? Vamos, al menos por mi parte —aclaré.

—Por suerte, eso tiene remedio. —Sonrió mientras acariciaba mi mejilla con la delicadeza de quien teme estropear lo que está tocando.

En medio de esa oda a lo más empalagoso del enamoramiento apareció Sole con un tercio en la mano y nos separó agarrándonos por los brazos, como si fuera la casamentera. Menos mal que aún existen personas que nos salvan de la locura transitoria de los arrebatos amorosos.

—Bueno, bueno, pero qué tenemos aquí. Ya sabía yo que aquí había gato encerrado. Ahora entiendo a qué venían esas miraditas furtivas en la sala de rehabilitación, no eran imaginaciones mías, sino un secreto a voces —irrumpió Sole con un carraspeo pícaro.

Mi cara se coloreó, sonreí nerviosa, y Saúl un tanto de lo mismo aunque su rostro llevaba un buen rato rojizo a consecuencia de la bebida. A Sole no se le escapaba nada, o quizá todo había sido demasiado evidente.

—Ya ves. —No supe qué más decir y le di un trago a mi cerveza.

—Mola el local, ¿a que sí? —Saúl me echó un cable. Qué rápido y eficiente era el tío.

—Me encanta, te ha quedado de diez, Salma —me felicitó Sole.

—Gracias, tenía muchas ganas de hacer algo así. Llevaba tiempo esperándolo.

—Es que hacen falta más espacios accesibles como este —dijo Sole.

De fondo podía ver a las asistentes, algunas de ellas con alguna discapacidad, empujando los tornos, haciendo sus primeros pinitos con la arcilla. Gabriela estaba en la primera fila con su sonrisa tímida, acariciando el barro con sus frágiles y delicadas manos. Parecía feliz, como todas las que me acompañaban en ese día tan especial.

Pero en ese día tan importante también me dio por echar de menos a otras que no estaban ahí, pero que habían tenido una clara influencia en mi proceso o en mi vida de alguna manera. Recordé a la Lola, su silla de ruedas y su bocina negra, su sonrisa interminable, sus ojos vitales y profundos como un telescopio enfocando a la luna. Me imaginé que estaría orgullosa de mí y que se alegraría de que de momento la enfermedad estuviera en pausa e inactiva, sin causarme grandes limitaciones. Todo esto que había logrado no hubiera sido posible sin su recuerdo, sin los ánimos que me daba en mis ensoñaciones. «Si pasa algo se le saluda», solía decirme desde cualquier rincón al que mirase. Su fortaleza me había dado fuerzas para continuar y seguir mi camino. Recordé a la Pepa y su belleza delicada y perfilada con los años, sus ojos grises azulados de canica, sin mirar a ninguna parte pero viéndolo todo, y su piel suave aunque arrugada como un guante de terciopelo. Y ese abanico suyo que se movía como un pavo real revoloteando junto a su cuello de cisne. Las recordaba a ellas y a todas las que me acompañaron, y sonreí porque mi triunfo también era el de ellas. Su fuerza y su coraje me habían servido de inspiración y eran un referente para salir adelante cuando no había luz al final del túnel porque no había siquiera túnel. Hemos sido porque otras fueron antes y somos porque otras serán después.

—Bueno, ¿brindamos o qué? —pidió Elia con entusiasmo subiendo su copa.

Dejamos las conversaciones a medias y le hicimos caso. Alzamos nuestras copas y todos gritaron «por Salma», y alguien hizo fotos que luego vi en las *stories* de Instagram o alguna otra red social.

Después, la gente empezó a marcharse y todo se fue apagando poco a poco hasta que la noche puso rumbo a su fin. En La Casa de Barro, así se llamaría mi nuevo taller, me lo encontré de frente, solitario, quieto como un ciervo que acaba de avistar un caminante en el bosque: el torno. Llevaba demasiado tiempo parado, tanto como mis piernas o mi mano. Esa reconciliación era necesaria y muy esperada. Al fin llegó el momento de que mi mano se hundiera de nuevo en la arcilla, mi pie diese velocidad al torno, la arcilla se deslizara entre mis dedos como un pájaro que vuela de camino a casa sintiéndose libre...

Finalmente, todos esos miedos que me habían estado persiguiendo desde que me diagnosticaron la enfermedad se habían ido esfumando. No desaparecieron del todo, eso sería engañarme, pero tomaron otra forma y me permitieron tener una vida con la mayor dignidad posible. Pude volver a mi pasión, la alfarería, que me ayudó a pasar el duelo de la mejor manera. Pude volver a sentir amor por una persona y recibirlo, algo que no imaginé que pudiera ocurrir. Pude reconciliarme con mi padre, perdonarle y perdonarme a mí misma. Pude disfrutar con mis amigas aunque fuera de manera diferente, en otras circunstancias. Pude seguir con mi vida más o menos donde la dejé, con distinto cuerpo y con limitaciones, pero definitivamente pude continuar el camino desde donde lo había dejado reinventándome y aceptándome. Después de todo, en eso consistía estar viva.

Agradecimientos

Agradezco especialmente a quienes me han acompañado en este proceso de creación. Me gustaría dar las gracias en primer lugar a mi editora, Ana María Caballero, que confió en mí para crear esta obra y que me ha enseñado mucho durante el proceso literario. Agradezco al resto de editoras por poner su toque y granito de arena fundamentales para que esta novela tenga más brillo y consistencia.

A Iván y a mi madre, por ser los primeros en leer lo que escribo y darme su sincera opinión. Por su amor y generosidad y por hacerme mejor persona.

A mi amada Olga Rodríguez, siempre, a Esther López Barceló por su generosidad, a Bob Pop por ser tan brillante y por su bondad. A mi querida amiga Elia, compañera de batallas y de esclerosis múltiple. A César, por ser siempre nuestro sostén y nuestra casa. A mis amigas Ángela y Ana, hay mucho de ellas en esta novela, como no podía ser de otra forma. A mi querido Álvaro, que siempre creyó en mí, gracias por ser. A Sandra, por ser una luchadora y acompañarme también en este proceso. A Irina por entender tan bien de lo que hablo y escribo, por su ayuda y generosidad. A Marta Plaza, siempre en mi corazón y en mis escritos. A Mingo y a Laura, por estar siempre ahí, por sacarme las castañas del fuego, por sus abrazos eternos. A Haina, Raquel y María, por su amistad.

A mi familia, mi padre, mis hermanos, mis cuñadas, mis sobrinos, también hay mucho de ellos en esta obra. A Patri, por creer siempre en mí, por las risas eternas y las croquetas. A Javi, Paco, Mara, Hugo y los chicos de Iván, gracias por su amistad. A Merce y Javi por ser familia. A Cris, que siempre está presente al otro lado del océano. A Mar, por su amistad y los podcast. A Filo y Eliseo, sin ellos esto tampoco sería posible. A las mujeres de las Tertulias Feministas de la Libre del Barrio, por todo el aprendizaje que me han regalado. A Carmen, que ya no está entre nosotras, pero que me enseñó a sobrevivir. A todas las mujeres que me han enseñado la importancia de los cuidados y de la fragilidad de los cuerpos, especialmente a mi abuela. Me dejo a mucha gente en el proceso que me ha acompañado de una manera o de otra, espero me disculpen.